다들 모였다고 하지만 내가 없잖아

민음의 시 ● 314

다들 모였다고 하지만 내가 없잖아

써 없 잖

허주영 시집

민음사

자서(自序)

나에게 더 많은 땅이 있다면
우리는 다 포개진다.

2023년 4월
허주영

차 례

3부

4부

1부

웃고 있는 빵

빵들은 웃고 있다고 나는 본다

빵들은 웃고 울면서 부풀어지는데
결국 마지막에는 웃게 되어 있다
나는 웃고 있지 않은 빵을 본 적이 없다

나는 그걸 먹겠다
침 바른 빵을 나는 먹는다
내가 웃는지 우는지 모르는데

네게도 한입 내밀고
중앙으로 갈라지는 좋은 냄새

거기서 웃음이 났다

돌잡이의 비디오

네 문장이 아름다운 건 비어 있기 때문이라고

나의 탄생은 전적으로 당신의 기록에 의지한다
어린 나는 지금의 나만큼 물질이라서
나와 당신의 사이는, 나와 나의 시간이 된다
여전히 빈 공간을, 오 채우고 싶은 틈

돌잡이가 운다
울고 있는 돌잡이를 본다

붓을 쥐어 주면 던지고 지폐와 실도 다 던진다
　미래를 상상하느라 시간을 다 써 버린 자들의 틈바구
니를, 아주 오래된 효과를

　잔칫상 위로 찬란하게 흩뿌려지는 돌잡이의 루머와 그
런 내가 마주한다

　이해해 다오…… 이해해 다오…… 이 욕심 없는 아기를
이해해 다오

가정에 필요한 건 돈보다 명예라고
캠코더 뒤로 땀인지 웃음인지 계속 흘러나오고
고개를 들어 돌을 주섬주섬 줍는 여자들
모퉁이에 작은 탑을 빚고 빌어 쌓아 올린다

배고픈 돌잡이는 어쩔 수 없이 운다
어쩔 수 없어
울고 있는 돌잡이를 본다

눈물을 턱에 매달고
원망스럽게 태어난 모습으로
나는 배고픈 돌잡이를, 돌잡이는 나를 보고 운다

당신들에게 일어난 일로 기록된 나의 탄생은
오늘과 내일만큼 물질이라서, 아름답게 비어 있다
우리는 서로를 알아 가길 원한다

꿈이냐 생시냐 혹은 그 어드메의 공간
우리는 서로를 알아 가길 원한다

과일나무는 과일을 먹고 자라고

떨어진 사과를 셈하러 온
보험사 직원의 등골에 열대야가 더디게 흘러내린다

학교에서 돌아온 나는
바닥에 배를 깔고 수학 문제집을 풀었다
일차 방정식으로 사과 한 알의 가격을 구했다

그해 언니는 군대에 갔고
나를 돌봐 줄 친구도 애인도 어른도 없다

연필을 꽉 쥔 주먹은 금세 누런 얼룩이 피고
뭉툭해진 흑연의 끝에선 후추 냄새가 날린다

모두가 땀을 닦느라 늑장을 부리는 사이
나는 사과 한 알을 주먹 안에 감춘다

썩은 사과일까 따뜻한 사과일까

땅은 나무를 묻어 보살피고

결과지는 붉은 몸통에 똬리를 틀어 설익은 눈을 품었지

그 사이로 미끄러지는 빛,
싸움은 안으로, 자꾸 안으로 파고들어
붙어 자란 열매는 닿은 자리마다 구멍을 냈다

왼팔을 베고 잠깐 잠에 들었지만
꿈에서도 나는 사과밭이었다

사람들이 뭉개진 열매를 볼펜으로 건들이다
하나씩 과수원을 빠져나간다
손에는 계속 사과가 흘렀다

B컷의 커버

한 장만 골라, 몽환이 뚜렷한 명도로 비릿하게 흐르고
있었다. 현상액 같은 햇볕.

나는 열다섯 개의 소녀, 하지만 툭 불거진 무릎 하나.
뿌리 깊은 입꼬리 하나. 팽팽한 배꼽 하나, 흔들리는 손바
닥 하나. 아니면 나머지 기억이 섞인 우리, 오래 지켜볼 수
있게, 끝내 추억할 수 있게.

벤치 그늘에 누워 있었다. 축구공이 날아왔다. 천천히
일어나 공을 발끝으로 끌었다. 공을 찬 소녀가 멀찍이 서
있었다. 운동장에 헐렁한 트랙의 윤곽이 떠올랐다. 낮은
자세로 패스를 기다리는 걸까. 눈이 마주쳤다. 나는 소녀
였던 적이 없다. 너는 소녀였던 적 있니? 내가 어떤 소녀이
길 바랐는지, 넌 궁금하지, 궁금하지.

발 아치를 네 쪽으로 돌렸다. 나의 속도와 너의 거리를
조절하기 위해 다시 시선이 마주쳤다. 드리블로 널 통과하
고 싶다. 네 공을 가지고 싶다. 훔치고, 도망가고, 온종일
놀다 네 공을 내일의 너에게 돌려주고 싶다. 아니, 그냥 저

밖으로 차 버릴까.

　네가 공을 쫓을까, 나를 쫓을까. 공은 제 속도로 운동장을 가로질렀다. 그러는 동안 그늘은 깊고 넓게 스며들어 있을 것이다. 나는 벌떡 일어나 하늘을 봤다. 피가 아래로 돌았지만, 금세 뚜렷한 배경을 띠었다. 소녀는 한 폭에 담기는 작은 유리 조각.

　골대 근처에서 공은 길게 원을 그렸다. 우리는 그새 사라지고 없었다. 소녀를 한 장만 골라, 핀셋에 들린 너의 시간 뒤로.

낯선 여름과 그해 여름

우리가 기르는 여름은 두 줄로 서 있고

나는 주먹을 흔들면서
매일 밤 끓는 물을 하수구에 부었다
여름의 심장은 수억 개의 알을 까고,
우리는 뜨겁게 껴안는다

손목시계와 반바지,
긴 양말 자국이 팔다리에 널브러져 있다
나는 그걸 빤히 보고 있으면서도
식지 못한 사랑은 이열치열 벽을 품고요
그건 반죽이 되었다네요

모아 놓은 장면은 뒤섞이며 오븐 속으로 걸어 들어간다
우리는 땀 흘리며 진지한 대화를 나눴던 것 같은데

해는 길어 곳곳에 집들은 비어 있다

계절은 한낮의 사기극처럼 장막을 거둔다

나와 친구들은 충성심 가득한 부하의 모습으로
청량한 기운을 품은 풍채 좋은 바람의 모습으로
머리카락 끝을 이마에 스치며 달려간다

콧등에 맺히던 땀은 엉켜
다른 곳으로 흐르고

시들지 않는 여름날을 적어 내려갈 때
나는 머리를 세차게 한번 저었다

개에게 물렸지요

떨어진 살점을 보면서
나는 열매를 생각한다
알맹이를 지키는 껍질에 대해
기약 없는 단칸의 불안에 대해
위험을 매혹하는 덫에 대해

나를 둘러싸는 사건들은 나를 닮아 가느라
철 지난 허물을 벗겨 내지 못하는데
어디서 떨어져 나온 가죽인지
무리인가 전염병인가 부스러기인가
피를 보니 알겠다

개는 거리에 살고 나는 자리에 사는데
우리는 같은 껍질을 풀어내는 환자가 된다
이토록 울컥이는 깊은 틈새
서로의 열매를 맛보려고 피를 양보한다
누구를 쓰다듬었는지 어느새 같은 껍질을 떨어뜨렸지

개는 나를 그토록 반겼는데

나는 무엇이 두려워
목줄을 이어 울타리를 짓다
이제서야 개에게 물렸구나

숨었지
나는 풍경에 머물러
또 다른 가죽의 꼬리를 빙빙 돈다
껍질은 떨어져 열매를 맺고
또 다른 가죽을 얻을 준비를 한다
개에게 물려서 다행이다

수축과 이완

공놀이를 하자고 해 놓고
그 애는 배드민턴을 들고 온다

나는 축구화를 신고 서 있는데
발등 위로 쏟아 내는 라켓
휘두르면 죄다 다른 소리가 났다

공이 날아오면 수축을
뛰어오를 땐 이완을
다시 디디면서 수축해야
공은 굴러갈 것인데

그 애는 공을 위로, 자꾸 위로만 세운다
반은 원, 반은 바람을 태우는
엇박의 비행
눈이 부시게 목을 젖히고
쏘아 올린 공을 기다려야 한다

나는 수직으로 떨어지는 거리를 받아 내

뒤로, 아주 멀리 보내고
그 애는 새로운 공중을 찍어
반복을 기어코 좁혀 놓겠지

빈칸을 긁어내며 부서지는 호흡
공중에서 흐트러져 내리는데
고장 난 라켓 고장 난 셔틀콕
앞구르기 뒷구르기
우리는 죽죽 그어 놓은 중앙선을 넘어
트랙을 돌고 있네

나무들이 죽은 척을 하고
새는 돌아오는 길에도 직선을 그린다
나는 잔발을 구르며 느린 동물의 심장 박동을 센다

하늘에 있을 법한 것들이 떠 있다

유머와 나

널 웃기려고 내 몸은 미끄럽다

나는 저 어딘가로
유머가 미래라는 듯
간다

눈부시게 반짝이는 표면에 태워 올까

너는 유머에 들러붙고
나는 빠져나간다

손바닥엔 작은 공
놀이를 떠올렸지만
나는 종사자처럼
같은 시절로 너무 오래 웃어 왔지
장난스러운 실수를 부르고
나는 저절로 반칙이 된다

문제는 우리가 웃다 지친다는 것인데

웃어서 관절이 아프고, 배가 고프고
때때로 어둑한 집에 돌아가
제일 크게 웃어 준 사람들을 곱씹으며 일기를 쓰고
눈치로 부풀린 말을 더듬는다는 것인데

너는 추억이 되고
나는 기억에 실패한다

손을 떠나는 공
해돋이를 보러 온 사람들이 몰려온다
낮고 빠르게 벗어나는 원
그들은 한 방향으로 지독하게 파고들 줄 아는 것 같았다

귀환의 시간들

무사히 돌아온 자는 두 명.
다른 속도였지만, 위반은 아니었다.
각각 오전과 오후에 돌아왔다.
도착은 기록되었다.
운 좋게 남은 침대를 얻었다.
방에서 마른풀과 흙냄새가 났다.
나는 머리맡에 놓여 있는 베개를 한번 뒤집었다.

조금만 늦었더라면 막다른 곳을 찾아, 밤낮이 낯설고
이름이 없는 길을 떠났을 것이다. 축소된 지도가 없는 곳
으로. 벽에는 낙서가 있었다.

나는 돌아왔지. 돈 대신 시간을 벌어 왔지.
우리는 여행자야. 한 번 여행자는 영원한 여행자.
길은 고독하게 잠깐 머무는 바람을 봐.

우리는 비슷한 마을에 모여 있었다. 누구는 지난 주말
도착했고, 누구는 눈알을 한참 굴리다 작년 이맘때라고 대
답했다. 소식을 나누는 것 같기도, 싸우는 것 같기도 했다.

﹥ 중앙 역사에서 나눠 주는 병풍 지도는 양팔보다 길었다. 그대로 다시 접어도 경계가 울었다. 괜찮다. 아무도 길을 떠나지 않을 것이다. 나는 입술을 다물었다. 느리게 아주 더디게 말했다.

짐을 내려놓자 물건들의 냄새가 훅 끼쳤다.
어떤 길을 돌았는지 짐작할 만큼.

도착은 기록되었다. 나는 자꾸 이른 오후까지 잠을 잤다.

낮잠의 순환

눈을 떴는데 개미가 보였습니다

아치형 창문 아래로 전깃줄
늘어진 골목으로 이어진 좁은 방
숙소를 옮기고 잠이 들었습니다
얼마나 쌈박한 꿈을 꾸었는지

내가 흘려 놓은 침을 따라
줄지어 있습니다
개미들은 딱 그만큼 모여
부지런히 자리를 늘립니다

거리를 중요시하는 개미들은
흘려 놓은 것만 가져가는 것 같습니다
저기……"가져갔다" 할 수 있을까요?
나는 무엇도 버리지 않아서
투명하게 늘어났을 뿐인가요?
등에 업히는 물질로 나눠진 건가요?

침은 어디로 가고 있습니다
내가 눈을 떴는데도
그들은 할 일을 합니다
꼬리 잘린 낮잠이
점선으로 점선으로
옮겨지고 있습니다
눈길도 주지 않고
싹 가져가고 있습니다

꿈이었을까요
진짜 꿈에는 연어가 나왔습니다
죽은 연어 떼가 움직이는 알을 낳고
곰들은 익은 살을 발라 먹고 있었습니다
해는 여전히 기울어져 있습니다

입을 다물 수가 없었습니다

이 시대 키드의 사랑

질 좋은 고독은 값이 오르고
신은 항상 싼 것만 주시네

죽선이는 최승자의 전화를 받고
새로운 사랑은 낡은 도시로 숨고

나는 헌금통에 주먹을 넣어 휘휘 젓는다

기도를 마친 여자들이 거리를 헤매다
싸구려 휴지를 나누어 줄 때
나는 애인을 등에 업고 소풍을 간다
이것은 이른 새벽의 풍경

네가 낳아 줄 아이는
미래의 용서를 담보로 방을 얻어
성공한 님들의 슬픈 이야기를 듣지

호수는 지름으로 승부를 띄우는데
낡은 사랑은 환대받거늘

이 시대의 인공은 참 깊다

나의 맨손은 잉태한 아가미를 낚는다
어떤 옹알대는 사랑에 당첨될지
눈을 감아도 얼굴이 보이지 않네

시간이 사라진 계절, 흘러나오는 청춘
최후의 사랑은 오래된 알을 깐다

나는 마지막 문장을 이미 써 버렸고
아 조용하다

2부

소녀와 남자애

소년이었던 그해 여름, 나는 반쯤 녹아 있었고.

여자애들은 정글짐에 엉켜 논다. 긴 머리 애들이 거꾸로 매달려 서로의 얼굴에 머리카락을 스쳐 댄다. 그늘에 던져 놓은 크고 작은 가방들. 오디오 플레이어의 트랙을 따라 흥얼거리는 소리. 여자애들은 자꾸 나를 불렀는데 가방을 멘 나는 수돗가에 서 있다. 여자애들은 가짜 여자 같았고 가짜 어른 같았고 나는 가짜 소년.

바람이 불면 소리는 이쪽까지 들려올 것이다. 팔에 들러붙은 모래알이 손끝에 까끌댄다. 여자애들과 나는 멀찍이 떨어져 서로를 빼앗아 본다. 돌이 흙으로 흐트러질 때까지. 소년이었던 적 있니, 성장한 여름을 본 적 있니, 나는 가짜였던 적 없다.

최초의 폭염들 속에서 녹아 버린 소년과 소녀. 나는 기꺼이 나의 증인이 된다. 그것은 내가 식혀야 하는 땀이다.

도시의 세계

과거의 미래가 영영 오지 않는데도
점점 훌륭한 일기를 쓰더라도
태어난 도시에 살다 죽는다
그건 참 대단한 일

오랜 이웃들은 볕이 적응한 자리를 찾아 떠나는데
나는 이곳에서 새로운 친구를 맞이할 채비를 한다
새의 혀를 빌어 시차를 옮기는 나무의 모습으로
열매를 삼켜 눈을 심는 개의 모습으로
도시의 흙으로 나를 빚고 묻는다

가까이 들여다본다 혹은 가만히
알 수 없는 감촉들
어느새 시인들도 서른이 되어
도시의 말과 수학을 읊고
마흔이 되어
과일을 베어 물며 우정을 나눈다
개와 나무는 무엇을 위해 몸통을 맞대었는지
나는 도저히 도시를 떠날 수 없다

좋은 선생들은 못자리를 나눠 주고
같은 무늬를 새긴 강으로 범람한다는데
어떤 물결은 흐르고
어떤 물결은 하나의 무늬가 되고
나는 너무 오래 즐거웠는지
가라앉지 못했지

이것은 아름다운 문장으로 기록된다
내가 돌보는 장면들이 고이 흘러
다시금 처음으로 돌아간다
태어난 도시를 떠나지 않으려면
영원한 도망을 시작하지 않으려면

골프와 냉면

골프를 치는 사람과 냉면을 좋아하는 사람은 공통점이 있어요. 말을 끊임없이 한다는 점이죠. 애석하게도 둘은 서로 친했어요. 누군가 말하면 누군가는 멈춰야 하기에 만날 수 없는 날도 있었지요. 그런 날에는 골프를 치거나 냉면을 먹었어요. 둘은 연중무휴 말했지만 반드시 해야 하는 말은 아니었어요. 둘은 편지를 주고받기로 했어요. 문구점에 갔어요. 여러 장을 만지작거리다 마음에 드는 종이를 1kg 사 왔어요. 종이는 문구점에서 가장 따뜻한 물질이잖아요. 아니 근데 왜 다들 그런 거 하나쯤 있잖아요. 겨우 입을 떼기 시작한 내가 던진 질문이요. 커 버린 나에게 아주 단단해져 돌아온 적 있잖아요. 둘은 배고플 줄 모르는 아기였거든요. 굶어 가는 아기였거든요. 주먹을 쥔 아기였거든요. 얼마나 지났을까요? 둘은 편지지에 백스윙의 궤도와 식초에 관해 썼어요. 어느 날은 느슨한 손목과 슴슴한 메밀에 관해 썼고, 어떤 날은 이런저런 사람들을 욕하기도 했어요. 둘은 종이 위로 섬광 같은 글씨들을 적어 내려갔어요. 고독하고도 친밀한 풍경이었어요. 얼마나 지났을까요? 둘은 드디어 깨달았어요. 종이는 비어 있었고요. 말들은 젖어 가고 있었어요. 말을 잃은 사이

는 가늘고 낮은 소리를 냈어요. 소리는 작았어요. 그러나
정말 프로 같았어요. 정말 장인 같았어요.

낙과

사과나무 시린 그늘에서 시퍼런 낙과를 줍는다

큰 비가 닦아 주지도 않았는데
나뭇가지는 허공이 되지 못한 열매를
햇살의 꼭지에 매달아 놓았다

경중경중 솟는 느낌으로 빈 원이 차오르는 소리
과수밭의 철망에 걸려 빛나고
귓가를 떠나지 않았는데

오늘은 너무나 황홀하게 꿈꾸었는지
죄다 바닥에 얼굴을 묻고 꼭지로 돌아누웠지

낙과는 탐스러운 사과의 깊이와 넓이를 구했다
계산된 거미줄에 묻은 홑 날개같이
붉은 빛 한 가닥이 가장자리로 새어 나온다

사과꽃의 무늬가 흐드러진 낙과
태양에 달궈져 군데군데 무르게 빛났다

꼭지 떨어진 자리가 환상통을 머금고 있을 때
낙과는 떨어진 방향,
뒤집어진 하늘에서 비를 쓸어 담았지

흔들려, 흔들려서
응시의 인력을 그리워하듯이
낙과는 흙빛으로 익어 갔다

주인의 산책

남자들은 관을 들었고 여자들은 꽃을 들었다
죽음은 가벼워 보여, 나 혼자서도 거뜬할 것 같다 생각
했다

딸들은 주변을 맴돈다
흰 개와 검은 개가 주인을 몰라보고 짖는다

내가 잘 모르는 꽃들이 길을 나눠 들었다

오늘의 일기는 춥고
정말이지 아는 게 없다

달과 별이 비쳐, 마중 나온 밤이었고
고목은 가지 치는 소리를 냈다
오래된 전화벨이 입구를 울린다

먹이고 씻기고 입히고 재우느라
어린 아들은 주인을 살게 하고
더 어린 딸들은 죽지 못하게 한다

뒤로 몇 걸음 떨어져 놓일 자리를 바라본다

걸어라
걸어라
다정한 이웃을 믿고 보통의 열과 줄
나는 너의 자랑, 유모차의 작은 우량아
둘레를 걷는다 몇 바퀴를 돌았는지

굴러 굴러
여기 눌러놓은 돌멩이

흙이 들어 올린 발자국에는 볕이 든다
지분의 삽을 뜬다 꾹꾹 눌러 담아 흩뿌린다
우리는 던져진 장소 속으로
하늘과 땅의 꽁무니를 감아올리고

남자들은 눈물을 훔치고 여자들은 골목 어귀에 서 있다
나는 주인의 손을 쥐고 걷는다

거리의 정전

저편에서 여자는 소리를 지르고 내 쪽으로 애가 걸어온다. 이리 와 이리 좀, 제 부르는 소리를 곁눈질로 도망가는 모양이다. 지나가는 또래 여자애를, 토종 아저씨를, 바람을 아우르는 검고 투명한 비닐을, 쏟아진 은행 열매와 그걸 주워 담는 도시의 작은 동물들을 보며 애는 웃고, 애 엄마는 거의 울고. 나는 애를 버리고 애 엄마 쪽으로 간다. 길은 골목만큼 좁고 광장만큼 시끄럽다. 애가 신발을 질질 끌고, 사람들은 어깨를 통과한다.

둘은 골목에서 싸우고 셋 이상 모이면 광장으로 간다. 둘은 말없이 싸우고 셋 이상은…… 아무래도 좀 위험하겠지요. 집엘 가지 않고? 환한 벽에는 외발로 선 이웃들이 살겠지요. *우리가 이사를 가면 누군가는 결국 집을 잃어요?* 엄마는 대답이 없고 거리에 서 있다. 나는 엄마를 지나치고 뒤를 돌아본다. 여자가 아이를 버렸다고. 중간의 표정을 가진 여자였다고.

서로의 점이 보일 때까지 둘은 줄을 당긴다. 어떤 집은 장판을 갈라, 어떤 집은 방을 부숴, 광장은 넓고 골목은 좁다. 목격자들아, 어디에 닿고 있는지. 양손은 추운 열매들로 맺혀 있다. 캄캄한 지구를 돌아, 환한 지구를 돌아 자꾸 걸어 나가야.

배경으로

눈 오는 날 잣나무 뒤에 앉았습니다

잠시 몸을 좀 녹이고 가려고요

사람들은 눈이 층층이 쌓인 잣나무를 보다 갑니다

누구는 제 주먹만 한 눈사람을 올려 두고 갑니다

삼삼오오 모여 사진을 찍고 갑니다

렌즈와 눈을 마주치기도 한 것 같습니다

나는 겨울의 작은 오점이 되고

너무 많은 배경이 됩니다

나 좀 지워 달라고 할까요

잣나무를 늘려 무너진 눈 아래로 덮어 달라고 할까요

사진을 잘라서 나눠 보자고 할까요

여기에 앉아 있으면 안 될 것 같습니다

나도 잣나무의 뒷면을 찍으려고

두 무릎을 짚어 일어납니다

눈사람 머리통이 데구루루 굴러갑니다

그 모습을 누가 찍어 주었습니다

수소문

수소문한 집을 나온다
집은 떠나고 돌아가고 또다시 떠다니는 곳
얼고 녹아 또 다른 모양으로 지붕을 쌓는 곳
어디에나 있고 어디에나 없어도 살 만한 곳
나는 이분법을 좋아한다
집에는 애인이 있고 다른 집에는 엄마와 길을 잃은 개
가 산다
누가 누구를 낳았는지 헷갈리는지
서로 기억하자고 대답하자고 안아 준다
사랑은 흔들리기 위해 땅을 파고 작은 웅크림들과 접촉
한다
이어지는 실타래들 나는 집을 나오고 조금 뒤에 이름의
획을 잃고
주머니가 달린 망토를 잃고 나쁜 습관을 잃는다 좋은
건가
몇 번의 이사와 멀지 않은 옆 동네
그것은 모두 좋은 일이었다
더 넓은 곳으로 옮아 나는 환유로 유괴당한 소녀
유독 나쁜 일이 일어나지 않는다, 했었지

넓은 이 넓은 사전에서 너의 이니셜을 찾아

누군가 나를 챠르르 구해 줄 거라, 믿었지

한 번에 한 명씩 나는 나를 낳는다

나를 낳느라 엄마를 낳지 못한다

태어나고 싶어 우는 엄마

날 낳았다고 우기는 엄마 주장하는 엄마 발을 구르는
엄마

엄마는 나를 낳는 나를 목격한다

그렇게도 작은 웅크림들

나는 엄마를 목격하고 이어지는 실타래들

무리 지어 가난한 내가 픽셀의 시를 눌러 쓰고

나를 찾는 속도는 내가 도망치는 속도를 보호한다

나는 나를 낳느라 바쁘고 바빠서 흔들려 흔들려서

뙤약볕의 도시는 흥에 겨워 운다 뙤약볕의 도시가 엉엉
울 때

엄마를 수소문하느라 나를 낳느라

초행길

여기로 보내졌는지
정오를 넘긴 고속도로 위
파티는 한 시에 시작인데
차들은 움직일 생각을 않는다

창문을 내리고 하늘을 본다
갓 오후가 된 구름
새들은 한 점으로
뭉쳐 날고

고라니입니까 너구리입니까
터널과 터널 사이
황동색의 동물들이 서 있다
냄새 없이, 소리 없이

거리는 가까워진다

조수석과 뒷자리를, 순서대로 내주고
무릎과 어깨를, 운전석을 내준다

몰려다니는 건 무리의 본능이라서

모두 같은 방향을 보도록
길은 그렇게 세워졌다
차 안에서 어떤 대화를 나누었는지
눈 맞춤 없이, 침묵 없이

축하의 노래를 부를 수 없겠지
자기 신세에 눈물을 흘리는 짐승의 말로
길게 — 길게 — 목 놓아 부를 수 없겠지

도로 위의 차들은 자꾸 멈춰
친구들을 태우고 무리를 짓는다

차는 무겁고 도로는 울렁이는데
이 시간엔 이런지

터널에서 불빛을 생각하며 달렸다

숨바꼭질

다들 모였다고 하지만 내가 없잖아

촛불을 모두 켜기도 전에 케이크 모서리를 한 움큼 쥐
었다 몇 개의 어금니 자국이 버터크림 위에 미끄덩 맴돌
았다 넘어가겠지 기념이 그랬던 것처럼 먹자꾸나, 그래도
생일이잖아 잠깐의 어둠과 심지의 냄새를 기억한다 플라
스틱 폭죽, 반투명의 칼날, 둘러앉은 무릎, 열린 셔터에 순
간의 공포가 있다

꺼지지도 켜지지도 못하는 베이커리 보급형 초가 단면
으로 고요하게 흘러내리고 있었다 지독하게 이어지는 연
기는 흔들림 없는 나선에서 손뼉과 맞닥뜨린다 끔뻑거리
는 동공들, 허공의 눈을 맞춘다 초침이 자정을 향해 귀를
막고 있었다 한 번의 호흡으로 어둠을 불어넣을 수 있을
까 들키면 안 돼, 발견되지 못하면 게임은 끝나지 않는다
술래가 누구인지 알지 못한 채 눈을 가리게 되는 거야 모
두 집으로 돌려보내거나 발끝을 내밀거나

촛불의 마지막 리듬이 끝나면 쏟아져 나오는 축하의 말

들을 견뎌야 한다 일그러진 케이크가 테이블 위에 손자국
을 냈다 푸른 셀로판지에 싸인 꽃다발 옆 상자를 가만히
들여다본다 곧 터질 것이다 무사히 집에 돌아갈 수 없을
것이다 나를 찾아, 우정의 규칙과 게임의 각도를 구하는
공식을 따라 사다리를 다시 오른다 우리는 파티가 끝나기
를 숨죽여 기다릴 것이다 검게 탄 초를 손끝으로 지그시
눌렀다 믿고 있는 균열이었다

오늘의 운세

공이 없으니 운동장은 하나의 공터가 되었다

유모차를 끌고 나온 여자들이 잠시 햇빛을 쬐다 돌아
가고
또 어떤 여자들은 집 창가에서 우두커니 선 거리를 내
려다본다

공터에는 여자들이 있고
공터를 바라보는 여자들이 있다

늙은 여자는 젊은 여자 무리를 멀리 바라보며
그때를 떠올린다
젊음은 너무 고된 것이라서
늙은 여자의 표정은 금세 무료해졌다

공터를 지나면 되는 거야
늙은 여자는 젊은 여자가 이렇게 말했으면 그랬다
한적한 거리에 해가 다시 나온다

그곳엔 공터가 있어, 있어도 없어도 그만인 공터가 있다

해는 그곳을 지나
데굴데굴 굴러간다

여름을 잊지 않는 법

영원했던 여름은 나를 속이려 든다
녹아내린 적 없고
숨통을 조여 본 적 없었던 것처럼 굴었다

이것은 은유가 아니다

〔여름은 기억〕
여름을 떠올렸다 여름은 조작되었다, 혹은 지워졌거나
여름 상실, 오늘의 틈새로 여름 청산, 푸른 잎사귀의 암계
를 기록한다 여름을 위해, 친구들의 여름을 위해서

〔망각은 기후 위기〕
망각이 덮쳤다 망각을 대비한다 망각 곧 온다 아니, 또
온다 대책반 친구들아 이러다 죽는 거 아니냐 망각은 언
제 와도 이상하지 않아 누가 우릴 구해 주러 올까 애, 어딜
보고 말하는 거니? 망각 덕분이지 망각을 긍정해?! 혹은
……중략…… 혹은 검열, 망각아 네가 누군지 모르는데?

그 여름은 더웠어

덥지 않은 여름은 없지
아니 여름은 정말 더웠다

여름의 뒤통수는 얼굴을 모르는 소년처럼 하얗게 익어
간다
아는 만큼, 모르면 모르는 만큼 아름다워
더위가 떠나고 식은 자리에 소녀들은 뿌리가 된다
사랑은 용기를 잃게 하고
마을에 남은 것은?

온순하게 길들여진 새는 계절을 돌려주려
더운 나라로 간다
짧은 비행을 한다
인기 많은 종의 그것처럼, 두 팔을 네게 펼쳐 든다

이리 온 이리 온
팔이 새를 흉내 냈다

미래의 집

중년 여자는 ㄷ자 복도식 아파트에 살고
세 평 남짓 베란다 가득 식물을 기른다

뱅갈 고무나무 옆에 폴리셔스
폴리셔스 옆에 산데리아
산데리아 옆에 올리브 나무
올리브 나무 옆에 황금죽
황금죽 옆에 율마
그들은 집 한구석에 정원을 짓는 취미를 가지고 있으니
식물을 키우며 비로소 중년 여자가 되곤 하니

알고 싶지
비밀스러운 화분들을,
잎에도 벽이 있어
맥을 짚어 도착하는
그곳은 최후의 집

한때 열어 놓은 창문으로 비가 들이치고
중년 여자는 거기 서 있다

구형의 아파트는 기다렸다는 듯이 서서히 잠긴다
빗물이 쇄골까지 차오르자 중년 여자는 결심한 듯
머리를 어깨보다 먼저 물속으로 집어넣는다
여기서 살아남을 수 있을지
죽은 척을 해야 벗어나는 꿈
오늘은 왠지 기운이 남았는지 두 눈을 뜬다
마루가 훤히 보이는 물속

천장이 낮은 뿌리들은
벽을 타고
아랫집의 기둥을 타고
또
그
아래로
아래로
뻗어 내렸는지

뿌리는 뿌리에서 만나
최초의 커플처럼 곁에 머무른다

서로의 고독에 다가가는 춤으로

비가 많이 내리는 미래엔
식물이 집을 먹고
집은 숨을 내어 주지
중년 여자는 식물 속으로,
집은 그대로다

고무나무 잎이 달을 핥으면 소나기는 그 집을 훔쳐보다
간다
네 마중이 잠시 그칠 때까지

3부

저에게 더 잘해 주세요

나는 짐승의 입을 가진 식물
선인장의 가죽을 쓴 목이 긴 탈

뼈가 없는 청춘
인류를 살게 하는 계절의 기억

빈방을 모으는 집주인과 짧은 여백이 되는 세입자

외로움을 삼키는 잡식 동물
친구를 애인으로 두는 소녀

아름다운 것엔 사랑을 두려운 것엔 질투를

나는 어드메가 아니라 반려종
모두에 가깝다

생명 연장의 꿈

— 에밀리 디킨슨의 총 한 자루와 에이드리언 리치의 주인의 도구
를 생각하며

집은 녹아내리고 있었습니다

주인은 온순한 나를 들여
여기 풀어 두었습니다

같은 상태로 나가야 하는데
나는 집을 망가뜨릴 수만 있습니다
안을 둘러보았습니다
친구들과 가족들의 도장이 곳곳에 찍혀 있습니다

죽거나 산 것은 없습니다
되살아 오거나 죽어 가는 것이 있습니다

냉장고의 닭과 달걀은 고체와 액체
누가 먼저냐 할 것 없이
얼고 녹아요

말랑말랑한 원상 복구의 꿈
그 속에서 환생의 꿈을 꿉니다

하마터면 끈적하게

나에게는 도구가 없습니다
왜냐하면 내가 살면 부서집니다
주인의 집 장판에 녹아야 합니다
강으로 흐르지 않도록 눌어붙어야 합니다

나는 시키지 않은 일도 합니다
주인은 나를 살게 하면서 열 받게 합니다
나는 집처럼 울었습니다
집처럼 흘렀습니다 떨어지는 잔해에
이빨을 부딪칩니다

껍질이 깨지는 소리
내가 들었습니다

내가 맞습니까?

늦은 시간입니다만,

이것 봐라, 네가 나의 턱을 왼쪽으로 틀었다

어스름이 주먹 쥔 새벽이잖아, 아니 멍든 초저녁이야,
해 질 녘의 출혈이거나 동 틀 녘이거나 자정의 유머거나

공간도 없으면서, 빛을 구겨 넣을 시간을 어떻게 구했어

애매한 의견 차이야 팔다리를 휘두르다 잠을 잘 시간이
었다

아프지 않았지만 등을 웅크리고 오래 아주 길게 앉아
있고 싶었다

같은 노래를 여러 번 들었지만, 온전히 다 듣지 못했다

전주를 웅얼거리며 그대로 올려다보았다

왜 그랬어, 나한테 그럴 수 있어

바득거리는 말이었다

보낼 수 있지만 받을 수 없는, 살아남은 보틀 메일?

모래 위에 내리 찍었지만 유리병이 나를 긁어모았다

언제 넣었는지 주머니에서 조각이 뭉쳐졌다

몰아쉬는 언덕

나는 팔을 잘라 사과나무 옆에 심었다
가지가 움터 올 때마다 양쪽 모두 기우뚱거렸지만
막다른 곳에서 숨이 찰 땐 끝을 멈추고
몇 잎의 새벽을 몰아쉴 수 있었다

사다리에 걸린 석양이 여러 갈래로 나누어지는 것을 보면
어떻게든 그 언덕을 어루만지고 싶었다

그날 저녁
아버지는 나를 끌고 팔을 심은 곳이 어디냐 다그쳤다
인중과 미간이 엄격하게 구겨지고
다시 펴지는 것을 반복했다
그 틈에서 불안이 뻗어 올랐다

사과는 뒤통수를 돌아 승모근으로 흐느꼈지만
향기만 들릴 뿐이었다

숨죽인 햇살이 저벅저벅 몇 바퀴 맴돌다 돌아갔다

사과나무는 나보다 더 자라나 그늘을 만들었다
나는 사과나무가 들여놓은 평원에서
축구를 해야 하고 싸움을 해야 한다
올 가을에는 나무에 사과가 너무 많구나

낮잠을 자는 나른한 오후를 나무에 걸고 싶다
그러나 내 것이 아닌 몸의 기억이 나를 채우면
어디선가 들려오는 종소리가 필사적으로 점령해 온다
울림의 테두리에서 점점 부푸는 사과들,

나는 바닥 위로 팔을 뻗어 낙과 한 알
움켜쥐었다

손님과 주인

　민박 주인은 문가에서 손님을 맞이할 때마다 같은 말을 반복한다. 예전에는 아끼던 천이지만 지금은 신발에 묻은 먼지나 닦아, 신발을 신고 벗을 때마다 문턱을 들고 나갈 때마다 주인은 발로 낡은 수건을 툭툭 건드리며 같은 말을 했다. 이젠 포개 놓지 않고 그렇게 오며 가며 밟는다고 했다. 민박을 방문하면 기어코 듣고야 마는 이야기.

　손님은 그만 알았다는 말 대신 마을에는 별일 없는지, 잔뜩 주문해 버렸다던 쪽파 모종은 잘 심었는지, 옆집 중년 여자는 잘 있는지 묻는다. 오랜만의 방문이었다. 기운 좋은 주인은 말하지 않는 것 대신 또박또박 입술을 가져다댔다. 그 티키타카를 기억한다.

　바깥 온도가 낮은 실내를 휩쓸었고 부엌에서는 따뜻한 국수 냄새가 났다. 우리 사이에 지폐는 됐어. 기분 좋은 낌새였다. 손님과 주인은 긴 테이블 양끝에서 몸통을 45도씩 에누리 없이, 그래도 사이좋게 틀어 앉았다. 주인은 나, 손님은 나. 외각에서 안으로 다시 젓가락에서 포크로 차례를 지키며 질문과 대답을 오갔다.

＞ 집 나간 옆집 늙은 개가 이레 만에 돌아왔다고 했던가. 주말에 나가서 주말에 돌아왔다던가. 덕분에 모처럼 서로 긴 휴가를 보냈다던가. 당신은 나에게 더 잘해 줘야 한다. 닫힌 문틈으로 바람이 적적하게 불었다. 아끼던 것은 애정이 식어도 계속 곁에 둔다. 둘은 숟가락으로 그릇의 바닥을 긁었다. 주인은 나, 손님은 나. 우리의 기형에 아무런 책임이 없다는 듯 음식을 작게 오물거렸다.

어깨를 열어 두는 법

밤이 돌아왔습니다, 무고한 시민은 잠에 들었다

좁은 골목을 지나 사거리에 가는 길이었다 편의점은 언제나 횃불을 숨긴 동굴처럼 웅크리고 있었다 기분 나쁜 눈부심이었다 그곳에서만 살 수 있는 라이프스타일 잡지가 있었기 때문인데, 누가 날 지목했는지 조용한 진열대 앞에서 비닐을 부스럭거리다가 미끄러졌다 틈이었을까 잠깐의 현기증이었을까 창문에 비친 얼굴이 울어 있었다 괜스레 원근이 엉키는 표정을 지어 보았다 새 아르바이트생을 구하는군 어차피 비슷한 조각을 모으는 일인데 지극히 충동적인 온기가 소매를 스쳤다

털이 긴 고양이와 맞닥뜨렸다 골목은 항상 과도기의 얼굴을 마주보고 서 있다 언제까지 나를 우연으로 부를까 일부러 시간을 둘러보다 그곳에 도착했을 텐데 너는 알고 있니? 네가 날 안다고 했니? 비로소 인사할 수 있을 때 비슷한 질문은 거듭되었다 계획된 기억은 나를 골목에서 미끄러뜨렸다 넓고 좁은 구멍이었다 네가 지나간 자리에 틈이 생겼다 아마 공간이라고 할 수 있을 만큼, 골목 끝에

덤불이 있었다 고양이를 나와 함께 키우는 사람이 너일까 왜 눈을 깜박이고 있니 고백할 게 남았다는 듯이 같은 시간 너와 내가 만난다 분명 내일 또는 이번 주말에도 널 볼 것이다 다음은 인사할 수 있을까 하나의 규칙이 늘어날 뿐인데 낮이 돌아올 것이다

고양이가 지나간다 보라색 신발을 신은 무고한 시민이 지나간다 누가 우리를 안다고 할 수 있을까

동그란 심박수

동네 강아지랑 놀았다
동네 강아지가 나를 언니라고 불렀다
당황해서 나는 입안을 깨물었다
심장은 엄밀히 내 것과 다른데
왜 언니라고 부르는지?
강아지는 곧바로 나에게 달려왔다
개가 물었다 괜찮아?
멍멍 아니고 정말로 그랬다 주위를 맴돌면서
얼떨결에 응 괜찮아, 라고 대답했다
강아지는 화들짝 뒤로 물러섰다
꼬리를 휘저으며 왈왈 짖었다 나도 왈왈 했다
우리는 구립 운동장에서 한바탕 달렸다
도망가고 쫓고 짖었다 뛰면서도 서로의 표정을 확인했다
통성명하기도 전이었다
동네 개들이 다 나와서 목 긁는 소리를 냈다
나는 턱을 안으로 끌었고 왠지 억울한 표정이었다
얘들아 곧 개와 늑대의 시간이 올 거야
내가 말했는지 강아지가 말했는지 분명하지 않다
웃겨 보려는 말이었는지 비밀스러운 말투였는지 분명하

지 않다

소리는 부딪쳐 서로에게 가닿았다

모래 바닥에 구멍을 팠다 수돗가에서 물도 나눠 마셨다

숨을 고르면서 서로 몸을 더 가까이 가져다 댔다

누구는 사랑한다고 말하면서 싸웠다

잘 지낸다는 뜻이었다 나는 숨을 몰아쉬었다

야구 배트를 멘 여자 애들이 손을 잡고 운동장을 가로
질렀다

땀에 젖은 유니폼은 등에 들러붙어 있었다

주머니에 손을 넣자 침 묻은 테니스공이 만져졌다

우리가 계주를 하면 내가 마지막 주자가 되어야 할 것
같았다

내가 언니라서 그런 건 아니었다

우리가 뭉개고 간 자리에 모래의 심장이 둥글게 뛰고
있었다

일과 일과 일

오전 열 시에 눈을 뜨는 해커. 푸시 알림일 수 있고 열린 커튼 틈일 수 있으며 아래층에 사는 늙은 이웃의 기침 소리일 수 있다. 누굴 닮았는지. 대충 서서 아침을 먹고 치우는 해커. 어제의 접시에 남아 있는 저녁을 함께 쓸어내린다. 혼잣말을 금세 까먹는 탓인가 스크린의 작은 물고기 탓인가 눈알을 자주 굴리는 해커. 젓가락을 위로 위로 쓰다듬으며 거품을 낸다. 안부 전화를 해야지. 고무장갑을 끼고 개수대에 앞에 서면 이런저런 생각이 늘어진다. 우리가 그때의 우리가 아닌 것처럼, 나는 그때의 내가 아니다. 잠시 수챗구멍이 돌연변이로 흘러간다. 오늘은 꼭 전화를 돌려야지. 물 묻은 고무장갑을 긴 채로 서둘러 전원 버튼을 누른다. 여보세요? 본체 돌아가는 소리. 청소기를 돌리고 샤워를 하고 널어놓은 수건을 걷어 접는다. 차곡차곡 쌓아 올려진 창문을 열고 잠시 추운 공기 앞에 선다.

쌀쌀한가 싶은 해커는 당신이 저어 만든 아란 무늬 스웨터를 걸친다. 어깨 품이 점점 줄어드는 것 같지만, 기생하는 증상일지도. 연결은 어느새 골격을 이룬 실타래를 물려받는다. 여보세요? 늘 접속 중. 우리는 미래에 신발을 걸어두고 길을 떠났지. 신발이 필요없다는 걸 알지. 당신은 코바늘을 젓고 해커는 코드를 짠다. 촘촘하고 따뜻하게, 때로는 무겁고 시끄럽게. 가문의 패턴과 암호를 기억한다. 커다란 털 뭉치 기계처럼 젓는다. 당신 먼저. 손녀 먼저. 별일 없죠? 일일 드라마 앞에서 평면의 스크린 앞에서 재빠르게 돌아간다. 주인공 및 시어머니도 돌돌돌돌. 초과된 리듬에 중독된 기계처럼. 멀티 멀티 번식한다. 할머니 손은 기계 손. 할머니 손은 기계 손.

개의 호흡법

바람은 책장을 넘기듯 불어오지만
늙은 개의 잠은 넘기지 못한다
사철나무의 갈비뼈 자국이 훤히 보이고
개는 지금 등이 시리다
무엇이 새로 돋아나는가
대문을 물끄러미 바라본다
벚꽃이 털갈이하기 시작하는 봄이 오는가

좀체 속내를 보여 주지 않는 경계심에서
발걸음 소리가 짙어진다
개줄은 팽팽하게 때로는 느슨하게
개의 영역을 표시했다 나아갈 수도,
벗어날 수도 없으니
늙은 개는 가만히 날숨과 들숨을 뱉어야 했다

그릇에 새겨져 있는 이빨 자국은
햇살의 판화인가 어둠과 빛이 만나는 지점은
하나의 갈피가 되었다 누구를 기다려 왔는지
나무 아래 엎드려 간간이 귀를 털어 낸다

단단한 송곳니에 박혀 늘어지는 붉은 혀
그 사이로 대낮이 햇덩이를 울컥울컥 게워 낼 것이다

늙은 개는 천천히 꼬리를 털어 낸다
눈곱 가장자리의 파리 떼와
털이 듬성듬성한 등에 붙은 벼룩에게
기생하는 무리와 지상의 조상들에게
세상에서 가장 편한 자세로
저물어 가는 호흡법을 가르친다
마당의 아랫배가 들어가고 나오고

빽빽하게 돌아가는 여백에게
어디서 떨어져 나온 잠인지 알아맞히라는 듯
저편의 막을 비추는 낯선 종과 계절을 빌어

늙은 개는 낮잠으로 빠져든 것이다
심장은 흩어지지 않기 위해 서로를 잊고
선선한 눈동자로 바닥에 접힌다
어떤 그림자는 홀로 자리를 지키고

마당이 늙은 개를 길게 호흡할 것이다

빈집

마을에는 악몽이 살고
걸어 들어가는 나는 빈집을 본다

뒤란에는 폐광이 기거하고 있다
박쥐들이 집 안을 드나들었는지
바닥은 똥들로 칠흑이다
울음소리가 굴뚝을 타고 피어오르면
낮달 한 쪽이 고목에 껴 물린다

외양간에는 구유밖에 없고 대신 잡풀이
적막을 되새김질하고 있다
안팎의 온도가 돌보는 땅은 춥지 않고
빈집은 캄캄하게 누운 장면으로 꽉 차 있다

기와지붕을 타고 들어온 살쾡이가
시퍼렇게 미간을 찡그린다
참새의 마음을 할퀼 눈동자다
열린 찬장은 따돌린 먹잇감에 오롯이 입맛을 다시고
마당에 주저앉아 나를 알아보는 우물은

젖은 목젖으로 우우 소리를 낸다

하늘을 휘휘 둘러보는 새끼 박쥐도 있다
번개의 뿌리에 맺힌 눈들은
집의 내력을 찍어 내며 폐허를 밝힌다
거꾸로 매달려 어둠을 뿜어내는 박쥐들을
나는 흠칫, 손전등으로 비춰 본다
일제히 깨진 통창으로 빠져나가는 검은 떼들

나는 뒷문에 서서 마을을 들여다본다
역시 공포의 풍경이다 공간에 내던져진 나는
이럴 때일수록 아름다운 것에 대해 생각해야 한다
따뜻한 스프의 계절을 기억해 내거나 모두 비워 내는
생각
나를 둥글게 둥글게 빚어
아름다운 것에는 검지를, 두려운 것에는 엄지를
그런 빈집 같은 생각

어디서 부패의 냄새가 피는지

튀어나온 문살 송곳니가 먼저 웃는다

지붕 버티던 서까래가 툭 주저앉는 장면으로부터였다

사건의 조직

그곳이 있었다

유일한 원인이었다 네 푸른 장갑의 쾨쾨한 냄새, 코끝이
헐어 버린 소매와 안장 다리로 기울어진 밑창이 뒤엉키는,
그 사이가 불분명하지만 그럼에도 가깝거나 먼, 잊혀 가
는 일에 조용히 공모하듯,

나는 그곳에 있었다

너는 낡은 침대에 걸터앉아 냉장고에서 가장 오래된 맥
주 캔만 꺼내 마셨다 독한 담배를 피웠던 날 안방과 부엌
그리고 방과 거실이 희미했던 그 때. 그 생각에 스스로 보
호받고 있는 듯,

나는 그곳에 너와 함께 있었다

처음 발목에 작은 깃털 모양 타투를 했고 몇 달 후 알
수 없는 세계의 돌고래를 골반에 새겼다 턱을 둥글게 깎
았고 탈색을 했고 손톱을 여전히 물어뜯었다 네가 누구인

지 내가 누구인지 알고 있는 것은 너와 나뿐,

　너는 그곳에 있었고 나는 그곳에 없었다

　나는 누워 네 루머를 바라본다 똑같은 나열이 다시 시
작되는 반복, 너는 그리고 나는 그곳에 있었고 모든 사건
은 순식간에 일어났다 너와 나의 경계는 항상 명확했지만
불분명했으므로

흑백의 시대

그때 나는 그곳에 없었지만 흑백사진을 인화했다 한 장
씩 넘기면서 나와 닮은 흔적을 찾느라 광각을 열어 보고
있었다 흑과 백의 경계는 뚜렷하거나 희미했다 셔터가 그
렇게 열리고 닫히는 사이

나는 여기서 칠해져야 한다

끔찍한 기억을 파내기 전에 무덤의 흑백을 돌로 눌러놓
는다 내가 죽어 간 사이 네가 살아간다 죽음을 수소문하
는 초원에 서서, 누군가 남긴 고독으로 나의 고독을 지었
다 이야기는 아름답거나 슬픈 기둥으로 떠난 구름을 받치
고 있었다

내가 그곳에 없었다는 것을 사진은 의아해하지 않았다
청동거울에서 눈이 마주치자 어색한 입꼬리를 서로 채워
걸었다 내가 왜 여기에 있는지 이름이 무엇인지 어떤 단
어를 좋아하는지 집을 어디에 지었는지 교차로에 가 보았
는지 고양이를 키우는지 몇 개의 보험을 들었는지 물어보
지 않았다 오히려 다행이라고 생각했다

> 내가 여기에 없었다고 스스로 말하기에 주변은 소란스러웠다 어떻게 입을 떼야 할지 아니 누가 들어 주긴 할까 불안이 시야를 가렸고, 아무도 모르는 이야기를 하기 위해 정적을 산 채로 파헤칠 수 없었다 아니 말해서 뭐가 달라질까 생각이 덮이고 단단해졌다

흑과 백은 여전히 사진 속에서 평평한 기둥으로 화각을 세우고 있었다 나는 어디에도 없었지만 여기에 있었고 흑색의 그림자로 물들어 갔다

밤과 음악 사이

영정사진에 조화를 올려 두고 오는 길이었다
생화가 다 떨어진 날만이라도 죽음을 참아 줘
너와 시선 맞추기 위해 허리와 무릎을 구부렸다
잠깐 만질 수 없는 현기증이 몰려왔다
20세기인지 21세기인지 알 수 없었다
가짜의 세계에서 이렇게 죽을 줄 알았다면
가난해질 수 있니? 가난이 나를 가질 수 있니?
네가 얼마나 이웃의 다정함을 환멸했는지
우리는 왜 울음을 터뜨릴 듯이 핏대를 세웠을까
과잉된 여러 세계의 다리가 엉켜 비틀거렸다
나는 밤을 움켜쥐었지만
금세 문장의 뒤편으로 빠져나갔다

질척거리는 뒤편이 달을 지워 갔다
(밤이 진짜냐 낮이 가짜냐)
밤에는 진실을 말할 수 없어
낮에도 입만 열면 구멍을 파 놓지
막대기 끝과 끝에서 밤과 낮은 둔탁하게 복도를 긁고
갔다

묽은 어둠이 자정마다 희미한 층계를 만든다
가난은 알아듣지 못하는 은유야
뒷걸음질 쳤지만 한 발자국 물러선 것뿐이었다
유품을 정리하면서 너의 낡은 욕조에 물을 받는다
섬뜩하게 다가오는 클리셰, 음악이 흘렀다
음…… 음…… 음……
테드 뉴젠트, 블루 오이스터 컬춰, 에드가 윈터
짐 모리슨, 지미 핸드릭스, 재니스 조플린……*

까만 불빛을 코끝에 걸치고 허밍을 맞춘다
적막과 중얼거림 사이에 있는 일종의 스타일이었다

* 장정일의 「아담이 눈 뜰 때」에 나오는 90년대 록-스피릿 음악 취향.

4부

여름밤의 론리

올해의 전시를 평가하는 모임이었다
시끌벅적한 초여름이 어둠을 끌고 오는 시간이었다
바비 빈튼의 「미스터 론리」가 흘러나왔다
잠깐씩 벌어지는 간극 사이로
길고 지루한 동선을 낮게 거닐었다
어떻게 내 페인팅과 네 석고상이
나란히 놓여 있어야 했지? 서로의 입 모양이
창밖 나뭇가지에 걸린 플라스틱 봉지 같았다
나는 손을 뻗어 테라스로 향하는 문손잡이를 잡았다
더하기와 빼기로만 이루어진 공식처럼
한 장면이 이끌려 왔다

잔을 들고 밖으로 나와,
둥근 원목 테이블에 너와 나란히 앉았다
입꼬리가 어색했던 건
쓸모없는 말이 옮겨 놓은 리듬 밖의 일이었다
그러나 선선한 바람이 너와 나의 방향으로
짙게 감싸 왔던 것을 기억한다
모서리가 없으니 팔을 어디에 두어야 할지 몰라

네 쪽으로 손목을 늘어뜨렸다

나는 너보다 테이블과 닮았다

너는 나보다 유리잔을 닮았다

그렇게 결이 닿았다

팔이 의자 아래로 대롱거렸다

너의 팔도 그곳에서 가볍게 흔들렸다

문 닫은 음악 소리와 풀벌레 울음이 낮게 섞이고 있었다

가방에서 몇 권의 책을 꺼내 첫 장과 마지막 장을 조합
했다

그 문장들로 몇 개의 시퀀스를 만들었지만 족족 흩어
졌다

멈추는 장면마다 질서를 세웠지만 유치하거나 모호했다

그렇다고 무작정 마침표를 찍을 수는 없었다

쉼표와 물음표가 불안한 부호를 이어 나가는 동안

우리에게 어떤 틈이 생겼는지 알 수 없었다

내가 책을 볼 때 네가 나를 보았는지

네가 책을 볼 때 내가 너를 보았는지

> 마지막 장면은 턱을 괼 때 자주 떠올랐다

여행을 떠나거나 집으로 돌아오는 길은 아니었다

길의 약속

낮의 호수에는 늙은 잉어와 청둥오리가 사는데
밤의 호수에는 작은 파문이 인다 그리곤 일렁이는 불
빛들
따라 걷는 자들은 제 갈 길을 안다

나갈까 같이 걸을래

이상한 일은 딴생각을 할 때 일어나고
사람들은 나에게 길을 물었다
처음 가는 곳이었다

나는 거리를 서성이다
굴러오는 눈을 마주치고 말았던 것인데
그것들은 내게도 지도가 있다는 걸 알아챈 것인가
반대편에서 천천히 걷는다면
손바닥에 움켜 쥔 여정을 기꺼이 내미는 얼굴들

이름 부르는 정거장과 미래의 시장으로 가는 방법을 알
려 줄는지

길을 찾는 사람들은 서로, 서로를 알아본다
어디에서나 고장난 로컬처럼 비춰진 나는 여기가 낯설
어도
낯선 만큼 친절한 궤도를 그려 줄 수 있으니까

밝은 불빛을 찾기 위해선 어둠을 먼저 발견해야 해
길에서 주워들은 말이지만
어둠, 어둠은 서로를 잃고 이끄는 방식으로
물가를 서성이고 방명록을 남긴다

늙은 잉어와 청둥오리는 호수의 윤곽으로 떠오른다
우리는 순진한 얼굴로 낯선 거리를 흘러 흘러
뒤돌아서면 길은 이어질 것이다
갈림목에 선 서로의 목격자

지금 가고 있어 그래 가고 있어

빈센트 반지하

벽돌이 우는 소리가 들리기 시작했습니다 오래된 월세였습니다 0.5층 창문 너머에는 계단이 있고 아침마다 발자국만 한 채광이 깊은 화폭으로 걸어 들어옵니다 더 이상 내려갈 수 없어 유리창을 마주한 체리빛 마룻바닥에는 창살이 덧칠되어 있습니다 양극의 지상을 가만히 바라보다 눈을 반쯤 찡그렸습니다 이전 세입자가 신발장에 붙여 놓은 해바라기 스티커, 싱크대 밑 붉은 야식 배달 스티커를 보며 이러니 이런 데 살지 끌끌 혀를 찼습니다 진하게 섞어 놓은 퀴퀴한 냄새가 나를 자꾸 뭉개 내고 있었습니다 눈물이 슬픔보다 먼저 찾아와 안부를 눌러 놓습니다 작은 방의 모서리는 지나치게 좁은 각도로, 또는 넓은 음영으로 휘청거리는 벽을 잡고 있는데, 위층에 사는 주인집도 마찬가지입니다 사다리꼴 월세집, 원근이 엉키는 곳에 세간살이가 위로 솟아오르는 것 같았습니다 침대 위에 걸어 놓은 액자가 새벽에 쏟아질까 자다가 눈을 떠 보기도 했습니다 여기서 버틸 수 있다는 질감이 자주 떠오르지만 또 그만큼 금세 사라지는 것이었습니다 전깃줄이 걸어 놓은 느슨한 오후에는 빨래가 낮게 젖어 있습니다 처마에 매달린 안테나가 작은 파동을 만들어도 아무도 들

지 못했습니다 오렌지빛 해가 난간 옆으로 막 굴러갈 때였
습니다

고양이를 키우는 사람

고양이는 나를 올려다보고 앞발로 툭툭 건드렸다

깃털을 흔들어 봐, 등을 길게 휘어 보는 지루한 정오였
다 흔들리는 낚시대를 물었다가 장난감 쥐를 방 안 곳곳
몰고 다녔다 그러나 해 질 녘에는 거대해진 고양이 그림자
가 창문 안을 음산하게 기웃거렸다 고양이의 시간은 꼬리
를 잡고 도는 방향이 기준일까 나도 그 소용돌이 속으로
들어가고 싶다는 생각을 했다 괘종시계는 잿빛의 초침으
로 팔을 벌렸다 네 품에 내가 안길 수 있을까 체크무늬의
테이블보가 고양이 발자국을 잠시 쥐었다 물컵이 미끄러
졌다 투명하고 맑은 그런 장면이었다 너는 상자에만 들어
가 있을 뿐, 초침 소리는 언제나 갑작스럽게 들려오는 것
이었다 시계가 없는 곳으로 가고 싶어 그곳엔 척추에 번
호가 없겠지 아니 숫자가 없을 거야 그렇다면 발톱은, 발
톱은 숫자가 아니잖아 하나의 묶음이지 공평하지 않은 것
을 절반으로 나누는 걸 멈춰야 해 단면이 다 드러나 버리
면 항상 속을 들키고 말잖아 정해진 시간에 정해진 딴짓
을 하는 걸 멈춰야 해 내가 여기에 있다는 것을 모두 들
켜 버릴 거야 털실이 고양이를 풀고 있었다 불면의 뒷면은

축축하고 차가웠고 길게 늘어진다 일종의 믿음처럼 잠이
두 팔과 무릎 사이로 말려들었다

닭과 대야

새벽이 풀어놓은 울음은 뒤란을 지나 비탈을 헤집었다. 시래기가 토해 놓은 먼지가 낮은 토담을 만들고, 달은 몸을 희미하게 태워 측백나무 뒤로 숨었다. 마당을 가로지르는 부리들, 붉은 대야를 치대면 모이가 흩어져 내렸다. 몇 마리의 닭이 귀퉁이를 내몰면 마당은 그늘에 이끌려 갔다. 볕에도 서열이 있는지 마당 다음 마루, 마루 다음 문지방 같았던 시절이었다. 크고 나면 누구나 시내로 나갔다가 저녁이면 쓸려 돌아왔다. 내가 태어난 곳과 자란 곳의 너비와 깊이가 축소되고 겹쳐지는 순간이었다.

담벼락에는 선거 벽보가 걸렸다. 문중의 땅까지 팔았던 그가 차례에 맞춰 입꼬리를 올리고 있었다. 절름발이 같은 논둑에 길이 뚫리면 뭐하나. 마을 사람들은 그의 뒤통수에서 고개를 돌렸다. 그를 몰래 찢고 돌아온 길, 저녁은 달을 밝히고 있었다. 방직 공장에서 여공들이 가닥가닥 쏟아져 나오는 시간이었다. 마을은 그대로였으며, 똑같은 사람들이 살고 있었다. 누구는 아이를 질투했고, 누구는 젊음을 기약 없이 미루고 있었다.

콘크리트 균열을 뒤지는 가로등, 그 아래 누군가 버린 나무 자재가 나뒹굴었다. 나는 그것을 주워 볼까 잠시 망설였는데, 이미 골목은 어디서 떨어져 나온 토막으로 버려져 있었다. 여명은 층층이 전단지 같은 구름을 서녘으로 돌린다. 수탉이 울자 붉은 대야 밑을 닭들이 순서대로 쪼고 있다. 나는 새벽이 지나서야 집에 돌아왔다.

겨울 4쿼터

기억이 고백하는 풍경에는 눈이 내리고 있었다
관자놀이를 엄지로 누르면 그날은 더욱 깊은 지문을 만
들어 냈다

칸칸이 붉어지는 난로와 두 손에 감긴 머그잔으로 전
해지는
당신의 온기, 깊게 우러나고 있었다

쏟아지는 눈은 계단의 모서리를 둥글게 허물었다
나는 기다리지 않고 오래 서 있었다

신발 구겨 신듯 대문이 아직도 덜컹거리고
당신이 떠난 방향으로 바람이 기웃거렸지만
나는 기다리지 않고 오래 서 있었다

라디오에서는 똑같은 노래가 흘러나왔다
트랙 위의 스피커는 금세 엉킨 제자리로 돌아왔고
언제부턴가 캐롤은 한 폭의 창문이 되었다

기억 속에 사는 내가 기억 밖의 나에게
안부를 물을 때 나는 어디 있을까, 잘 살고 있을까

당신이 나를 여기에 가두어 두었다면
부츠를 단단히 매어 신고 나갈 수 있었을 텐데
마당 밖으로 나가 폭설 속을 세어 보는 나를 상상한다

발자국의 앞굽과 뒷굽이 만나고 있었다 겨울의 내부를
찍어 내는
문양이 단단한 울타리를 만들어 냈다

낮이 밤을 뒤집어 놓으면 전나무에 쌓인 눈송이가
네게로 가닿을까

스노볼 안, 깨진 창문에서 누군가 나를 보고 있다
내가 본 풍경, 떠나온 미래의 낮과 밤을 나누어 주며

나무 위의 집

너희 집에 들어가려면 돌 틈에 박힌 목피를 밀어야 한다
사차선 도로 옆 나무들 너머의 대문
나이테를 따라 돌 듯 계단을 밟다가
어떻게, 여기서 살아?
문이 바닥과 천장 사이를 뻑뻑하게 긁어 댔다
아주 오랜만의 방문이었다
마찰이 만들어 놓은 틈으로 바닥과 천장은 더 웅크렸다
나는 너의 옆구리를 가볍게 쿡 찌르며
여기서, 어떻게 살아?
차가운 도형이고 고요한 경사고 질척거리는 고도잖아
이곳은 생각하는 방식의 함수가 아니다
넌 네 키만큼 뒷걸음질 친 채 은유적으로 날 쳐다봤다

꼭대기는 구체적으로 뻥 뚫려 있다
사진으로 봤을 때는 참 푸르렀는데
좀 어둡구나, 오는 길에 산 오렌지 주스를 건넸던가
뚜껑을 열기 전에는 냄새를 몰라
비타민이거나 설탕이거나 그냥 샛노란 어제와 오늘
다시 모두,

꼼짝없이 있다 보면 호흡도 부패되곤 하지

　어떤 고독은 몇 시간 만에 발견되고 어떤 고독은 현실
이 된다

　스치는 소리가 집 안 낱낱이 부딪치고

　파장은 커다란 타원을 그렸을 거야

　내가 건넨 것과 네가 받은 것이 같을 수 있을까

　이레 지난 농담이 발끝으로 굴러 떨어져 있었다

　섬뜩한 뿌리가 돋는 기분,

　여기서 어떻게?

개의 꼬리를 밟다

건조한 햇빛을 푸른 보닛에 올려놓고 충전 중이다
이제 영원히 내일을 살게 되겠지
박물관 주변을 느릿느릿 배회하는 검은 개가
트렁크에 코를 대고 실룩거린다 뚝뚝
흰 선을 흘리면서 우회하는 아스팔트에 서서
나는 비틀어 세운 차를 힐끗 돌아보았다
애인은 캄캄한 안이 쓸쓸하다고 했다

천장에 붙은 야광별이 창백해지고
애인은 나를 품에 안은 채
아무 말없이 눈을 떴다
나는 불현듯 창틀을 긁고 가는 별똥별을
서랍에 차곡차곡 모아 두었다

어차피 그 안에서도 공포를 느끼게 될 거야
이것과 저것의 간격이 포개지다가 밀려나고
시퍼렇게 투명한 캔버스에 나열된 것은
네가 중얼거리던 귀엣말,
기억 뒤편에서 꺼내 온 심장은

쪼그라들어 썩은 사과에 전시되어야 한다고
가만히 겨드랑이에 머리를 묻는다
할로겐 램프가 경계를 물고 늘어지는 밤,
빛은 먼지를 끌어올린다
몸은 아무것도 채우지 못했다

서랍을 밀어내는 롤러가 몇 바퀴 회전하는 동안

영원하다는 것은 얼마나 잔인한지
커튼이 붉게 흔들리는 사이
박물관의 마지막 동선이 걸음을 앞서갔다
애인이 뒷굽을 질질 끌고
검은 개가 다시 한 바퀴 돈다

쓰레기를 버리는 일

B가 곧 찾아올 것이라는 기분이 오래된 창틀을 흔들었다

나는 날짜가 지난 신문을 현관 밖에 조용히 내려놓고 고리를 잠갔다

쇠붙이 쥐고 부딪치는 달그락거림, 뒤를 돌아보는 순간

장면이 멈췄다 너의 시간으로 나를 자해하는 것을 보지 않으려면

아무 소리도 내서는 안 된다 손잡이가 삐걱거리며 방 안을 울렸다

기어코 열어 주지 않을 것이다 대상을 잃은 초점이 무릎을 안고

쌓아 올리는 벽돌, 밤은 그렇게 캄캄한 담이 되어 갔다

문 하나 사이를 둔 B와 나의 간격은 새벽이다

그 후 무슨 일이 일어났는지 기억나지 않는다

바닥을 쓸다가 머리카락이 모서리로 엉켜 있는 것이

지긋지긋해 보였다 블라인드 틈으로 오전이 길게 늘어졌다

백지를 오래 들여다봐도 기록할 것이 없었다

문득 B가 건네준 시시콜콜한 메모가 떠올랐다

나는 그날 이것을 읽었는지 읽지 않았는지

어떤 문장을 구겼는지 또는 찢었는지

기억하기 위해 쓰레기봉투를 묶었다

그 틈을 비집고 튀어나온 근래의 흔적들

종량을 꽉 채운 하루가 미련 없이 묶이고 덥석 치워지

는 동안

주먹 움켜쥐는 법을 따라 경계를 이룬 부피가 부스럭거

린다

B가 연신 두드리는 문틈에서 먼지가 흩어지고 있었다

오늘따라

여름의 드릴 소리는 정오를 커다랗게 뚫어 놓았다
나는 구멍을 바라보다 하마터면 그 안으로 들어갈 뻔했
던 것인데,
요즘은 자주 네가 떠오른다 난 널 다시 만난 적도 없는데
아니 네가 죽지 않았다면, 만나지 않을 수 있었을 텐데
콘크리트는 어둡고 둥근 소리를 냈다 언젠가 만져질 계
절이었다

그곳에 어떤 것이 있어야 했는지 알 수는 없다
평평한 모래 바닥이 공터에서 주차장으로,
계단 따라 이어진 좁고 긴 빌라 끝 붉은 벽돌집으로 멈
출 때
비로소 넌 나를 만났다

천천히, 아주 더디게 흙의 절차를 밟는 동안
그곳에 다시 가 본 적 없지만 가 보고 싶다는 생각이
났다
지도를 꺼내 좌표를 찍었다
근처를 몇 바퀴 돌다 보면 만날 수 있을까

발자국 위를 계속 걸었다
해가 지면 나는 여러 겹에서 접히고
누군가가 발자국을 이어 갈 것이다
나의 무늬가 너의 질감을 만나 또 다른 측량이 된다

네가 남긴 철근과 시멘트로 건물이 다 지어지면
네 죽음은 곧 내 것이 될 거야

나는 묻고 있는 중이다
약속되지 않은 만남은 틈틈이 계속 될 것이다
나는 새삼스러운 벽들을 읽는다
너를 만났던 다른 골질의 무늬를 만진다
댔던 손바닥을 천천히 거둬들였다
맥박의 울림이 너무 컸다

언제나 그렇듯이

막차가 끊기기 전에 대답을 잃어버려서 다행이야
구멍 뚫린 밤이 헐레벌떡 주머니를 뒤적거렸다
시간표를 확인하지 않아도 마지막 플랫폼에 도착하면
내일도 무사히 갈아탈 수 있겠지
가방 속에서 꼬인 이어폰 줄을 풀어내는 것만큼
놓지 않는 악수가 네 침묵을 떠올리게 했다
언제나 그렇듯이,
윤곽이 선명한 낮은 차창에만 익숙한 얼굴로 상징을
끌어 모았다
불구의 문장이 절룩거리며 이어지고 덜컹거리기를 반복
했다
여전히 네가 너를 설명할 수 있다고 손을 들어 보였던
것 같은데
소실점으로 흔들리는 머리카락이 달라붙고 있었다
나는 잃어버린 간이역을 되찾기 위해 부풀어진 기억이야
확대하면 희미해지고 축소하면 사라져 버리니까 천천히
과잉된 우리가 같은 스크린 사이에서 마주할 때
나와 너의 뭉개진 경계는 다만 몇 초간의 행간,
언제나 그렇듯이 간격이 넓어 발이 깊이를 서투르게 딛

는다
　우연히 너를 만나서 그 생각을 다른 도시로 데려가는지
　터널이 고개를 감아 오면 나도 그렇게 분명하지 않은
　이 밤의 이름을 적을 수 있을 거야
　언제나 그렇듯이 레일은 밑줄 그어진 문장을 읽고 또
읽었다
　습관처럼 위로가 되었지만 그렇지 않다는 것을
　누구보다 잘 알고 있었다

잡동사니의 매혹

나는 잡동사니의 매혹이 어지럽게 어울려 있는 데 있다
고 믿는다

그것들에겐 빛이 있어 나를 자꾸 끌어들인다
그을린 자국을 드러내거나 숨기거나
어지럽힌 방에 오롯이 있다는 건 그렇다

지문을 걷어 낸 글자들을 비추는 창틀의 일각
이토록 어지럽고 조용한 위치에서,
아무 생각도 하지 않는 건 불가능하지

잡동사니가 심취하고 있는 것에 대해 생각한다
전축을 틀다가 만난 가곡에서 묻어 나온 밤과 낮은 단
출하다
그림자가 옮겨 오는 표면은 언제나 점, 선, 면
갑자기 여기에 던져진 나는 어떤 리듬을 내밀지?

나는 어느새 춤이 기억하는 스텝을 따라 손을 뻗는다
오늘은 그날의 선을 추고 나의 기형과 마주한다

> 계절을 다듬는 바람도 쉽게 들어서지 못하는 그곳,
납작하게 눌러놓거나 깨진 각도로 벽을 올린다
경계에 누적된 나는 언제나 불화하지만

잡동사니의 기억 속에 잠시 머문다
매일 그대로 놓여 있는 건,
없지 그렇지 없어
기질은 무늬를 따라 제 몸을 끊임없이 새기고
또 다른 사물로 가지런히 옮겨 놓는다

문고리는 그렇게 잠기고 돌아간다

몸을 웅크리고 앉아 붉은 지네의 독처럼 녹아내리는
자기만의 방을 받아먹는 오후
겹겹이 앉아 어지러운 빛으로 치장하는 소리가 들린다

정오의 무늬

리모컨이 거실 바닥에 보기 좋게 떨어져 있고
채널은 215번에 멈춰 있다
씨름 경기가 한창인 그러나 비주류의 대낮이다

나는 일인용 소파에 눕는다
지루한 가죽의 소파
아무도 모르는 소파
믿음의 징표로 엉덩이를 들이밀면
망명한 낮의 어둠이 멍멍 짖는다

어디서 흘러온 경계인지
거실은 하루에 몇 번씩
흑백의 자국에 담궈지고
소파는 점점 나를 틀어쥔다

한쪽으로 푹 꺼진 모래장을 바라보는 건
죄가 없는 관찰
둥근 모종을 가지고도
꽃밭을 씨름판으로 만들었을 때

나는 향기에 취해 씨앗 위를 뒹굴었지

누가 누구를 이겼는지 색깔로 기억한다

습관을 버리고 가죽더미를 삼켜야 하는지
한마음 한뜻 빗장에 걸려들고
누구는 심장을 쓰러트려 씨앗을 손에 쥐고
모래는 등의 문양만큼 패였을 뿐이다

누운 자리를 몇개의 장르로 기억한다
어쩌면 누군가를 떠올릴까
네게 아늑한 무게를 바친다

어떤 자세는 2인용

영화감독은 대낮부터 시 쓰는 누구를 불러 이렇게 살
아도 될까 눈치를 준다

이들이 꿈꾸는 노인의 모양은
귀엽고 사랑스러운 늙은이
알고 보면 집요한 오타쿠 할머니

풀어진 소망 앞에서
돌상에 오른 실뭉치를 떠올린다

둘은 등을 맞대고 잠이 든다
각각 떼어 내면

눈을 뜨니 아무도 없다
어떤 자세는 2인용
혼자라면 형벌에 가까운 포즈

앞도 뒤도
몸을 고쳐 앉는다

나에게 더 많은 자세가 있다면
우리는 더욱 비슷해질 수 있다

돌상의 실을 잡은 아기는 노인이 되었고
활을 당긴 아기도 노인이 되었으며
사과를 베어 문 아기도
상을 엎은 아기마저도 노인이 되었는데

아무것도 잡지 않은 아기는 자라서
영화를 찍고 시를 쓴다

미래의 점과 선으로
뜨거운 도형을 그린다

그것은 실

또 다른 나에게로 건너가기

김유림(시인)

『다들 모였다고 하지만 내가 없잖아』는 '나'를 찾는 수색 작업을 펼쳐 보이는 시집이다. 그런데 이 수색 작업은 사실상 종결될 수 없어 보인다. 왜냐하면 '나'가 추적하는 또 다른 '나'는 "언제나 그렇듯이" 텅 비어 있으며, 변화무쌍하기 때문이다. 이를 잘 알고 있는 허주영은 수색 작업이 영원성을 띨 수밖에 없다는 사실을 받아들이고자 노력한다. '나'의 영원한 텅 비어 있음이야말로 '나'를 결정짓는 중요한 단서이기 때문이다.

네 문장이 아름다운 건 비어 있기 때문이라고

나의 탄생은 전적으로 당신의 기록에 의지한다

어린 나는 지금의 나만큼 물질이라서
나와 당신의 사이는, 나와 나의 시간이 된다
여전히 빈 공간을, 오 채우고 싶은 틈

(중략)

당신들에게 일어난 일로 기록된 나의 탄생은
오늘과 내일만큼 물질이라서, 아름답게 비어 있다
우리는 서로를 알아 가길 원한다

—「돌잡이의 비디오」 부분

시집의 초반부에 수록되어 있는 이 시에서 허주영은 선언한다. "나의 탄생은" "아름답게 비어 있다"고. "네 문장이 아름다운 건 비어 있기 때문이"듯이 '나'가 아름다운 건 비어 있기 때문이라고 말이다. 허주영이 생각하기에는 이러한 비어 있음이야말로 "나와 나"의 아름다움을 결정짓는 궁극적인 특성이다. 그리고 그는 "아름답게 비어 있"다는 바로 그 이유로 인해 "우리"가 "서로를 알아 가길 원한다"는 점을 주목한다. '나'의 비어 있음이라는 특성이 "서로"가 서로에게 관심을 가지게 하는 동인으로 작용하는 것이다. 그래서 '나'는 '나'의 비어 있음이 "원망"이나 "도망"(「수소문」), "불안"(「개에게 물렸지요」)을 야기하더라도 '나'를 쫓는 작업을 중단하지 않는다. '나'는 '나'라는 최소한

의 의식 "경계"(「개에게 물렸지요」)는 잃어버리지 않으면서
텅 비어 있음이라는 상태를 유지하는 것이 이 수색 작업
의 규칙이다.

공을 쫓을까 나를 쫓을까

허주영의 수색 작업을 자세히 살펴보기에 앞서서 수색
작업을 펼치는 '나'의 특성을 분명히 할 필요가 있다.

나는 열다섯 개의 소녀, 하지만 툭 불거진 무릎 하나. 뿌
리 깊은 입꼬리 하나. 팽팽한 배꼽 하나, 흔들리는 손바닥 하
나. 아니면 나머지 기억이 섞인 우리, 오래 지켜볼 수 있게,
끝내 추억할 수 있게.

벤치 그늘에 누워 있었다. 축구공이 날아왔다. 천천히 일
어나 공을 발끝으로 끌었다. 공을 찬 소녀가 멀찍이 서 있었
다. 운동장에 헐렁한 트랙의 윤곽이 떠올랐다. 낮은 자세로
패스를 기다리는 걸까. 눈이 마주쳤다. 나는 소녀였던 적이
없다. 너는 소녀였던 적 있니? 내가 어떤 소녀이길 바랐는지,
넌 궁금하지, 궁금하지.

— 「B컷의 커버」 부분

"나는 열다섯 개의 소녀"(「B컷의 커버」)라는 발화는 언뜻 '나'라는 존재가 '나'라는 고정점으로부터 무수히 여러 개로 분화한 목소리, 즉 "열다섯 개의 소녀"가 '나'에게 소속된 목소리라는 인상을 준다. 그러나 다시 한 번 분명히 해야 할 지점은, 허주영의 '나'가 하나의 정체성을 대변하는 여러 개의 목소리가 아니라는 점이다. '나'는 텅 비어 있으며, '나'에게는 여러 개의 목소리를 빌려서 드러내야 하는 고유한 아이덴티티가 존재하지 않는다. '나'라는 기호는 이 시에 등장하는 "공"처럼 끊임없이 토스될 뿐이다. '나'는 누구나 대여하여서 사용할 수 있는 기호로서의 특성을 분명히 하는 것이다.

　따라서 '나'라는 기호 아래에는 언제나 다른 주체가 들어선다. '나'는 언제나 새로운 '나'이며, 언제나 또 다른 '나'를 궁금해한다. '나'는 언제나 불명확성만을 그 성질로서 가진다. 따라서 "나는 열다섯 개의 소녀"라는 선언을 금세 뒤집는 "나는 소녀였던 적이 없다."는 발화는 자연스럽다. "너는 소녀였던 적 있니? 내가 어떤 소녀이길 바랐는지, 넌 궁금하지, 궁금하지."라며 상대방이 '나'에 대해 궁금증을 가지고 있으리라고 확신하는 것 또한 자연스럽다. '나'는 언제나 내가 아니기 때문에, '나'일 수가 없기 때문에 호기심을 불러일으킨다.

　그러나 이렇게 '나'들이 우글거리는 세계에서 단순한 호기심만으로 '나'를 찾는 추적을 지속한다는 건 어쩐지 납

득하기 어렵다. '나'라는 기호가 득실거리면 득실거릴수록 '나'를 찾는 일은 점점 요원해진다. 게다가 '나'-기호는 텅 비어 있으니 수색 작업에 이렇다 할 소득이 있을 리가 없다……. 그렇다면 허주영의 텅 빈 '나'들은 어째서 공회전에 불과해 보이는 수색 작업을 지속하는 것일까? 여기서 앞서 살펴보았던 선언, "나의 탄생은 전적으로 당신의 기록에 의지한다"(「돌잡이의 비디오」)가 다시금 호출된다. 허주영의 시세계에서 서로가 서로를 궁금해하고 추적하는 이유는 '나'라는 존재의 탄생이 전적으로 당신이라는 '나'의 기록에 의지하기 때문이다. 아무것도 가진 게 없는 '나'를 써 내려가기 위해서는 텅 비어 있는 수많은 '나'들에게 의지할 수밖에 없는 게 바로 이 세계이기 때문이다.

여름을 잊지 않는 법

그러나 이 작업에는 함정이 존재한다. "나를 둘러싸는 사건들은 나를 닮아 가느라" 오히려 "철 지난 허물을 벗겨 내지 못"(「개에게 물렸지요」)하기 때문이다. '나'는 '나'를 탄생시키기 위해서 "당신"이라는 또 다른 '나'가 필요하다는 건 알고 있지만, 이 "당신"이나 "나를 둘러싸는 사건들"이 "나를 닮아 가느라" 오염될 수 있다는 사실 또한 잘 의식하고 있다. 이때의 "철 지난 허물"이란 표현은 기억 작용에 대한 허주영의 경계가 잘 드러나는 대목이다.

허주영의 '나'는 기억이라는 결절 지점을 가짐으로써 고정적인 '나'를 생성하는 데에 큰 불안을 느끼는 것처럼 보인다. 그는 오로지 스쳐 지나감으로써 '나'를 최소한으로 생성할 수 있기를, '나'를 꽉 붙드는 일에 어김없이 실패함으로써 수색 작업을 지속할 수 있기를 바라는 것 같다. 이러한 모순적인 열망은 기꺼이 우습고 미끄러운 존재가 되려는 '나'의 모습에서 특히 잘 드러난다.

널 웃기려고 내 몸은 미끄럽다

나는 저 어딘가로
유머가 미래라는 듯
간다

눈부시게 반짝이는 표면에 태워 올까

너는 유머에 들러붙고
나는 빠져나간다

─「유머와 나」 부분

표면에라도 유머를 태워 오려던 '나'의 작전은 실패한다. 그러나 이 실패는 곧 성공이기도 한데, 왜냐하면 바로 이 실패의 지점이 "유머"를 성립시키기 때문이다. 유머를 얻으려던 '나'는 허망하게 빠져나가고 '너'만이 "유머에 들러붙"는 지점 말이다. '나'는 오직 이런 허망한 미끄러짐만이 "철 지난 허물"을 벗을 수 있는 유일한 방법이라고 생각하는 듯하다. 그러니까 '나'의 빠져나감은 '나'를 성립시키기 위해 인용되었지만 결국엔 "나를 닮아 가"고 마는 '나-여집합'을 제 자리로 되돌려 놓기 위한 노력, 즉 추적의 실패가 아닌 전략적인 탈출인 것이다.

재미있는 지점은 허주영의 '나' 수색 작업이 "기억"을 함부로 사용하지 않기 위해 고집하는 첫 번째 전략인 '빠져나가기'가 너무 단순해서 그 자체로 텅 비어 보인다는 점이다. 이는 '나'가 수색을 지속하는 과정에서 유지하려고 하는 최후의 조건이자 속성인 '텅 비어 있음'과 상통한다는 점에서 수행적 성격을 띤다. '나'를 둘러싸고 있는 사람이나 환경, 물질세계에 오랫동안 머무는 일을 거부함으로써 고정성의 형성을 최대한 유보하고 가능성이 출렁이는 상태를 유지하고자 하는 것이다. 추적이라는 것이 그 본성상 한곳에 오랫동안 머무는 일을 용납하지 않기 때문도 있지만, "영원했던 여름은 나를 속이려(「여름을 잊지 않는 법」)" 들고, "영원이라는 것은" "잔인하"(「개의 꼬리를 밟다」)기 때문이다.

영원했던 여름은 나를 속이려 든다

녹아내린 적 없고
숨통을 조여 본 적 없었던 것처럼 굴었다

(중략)

그 여름은 더웠어
덥지 않은 여름은 없지
아니 여름은 정말 더웠다

여름의 뒤통수는 얼굴을 모르는 소년처럼 하얗게 익어
간다
아는 만큼, 모르면 모르는 만큼 아름다워
더위가 떠나고 식은 자리에 소녀들은 뿌리가 된다
사랑은 용기를 잃게 하고
마을에 남은 것은?

— 「여름을 잊지 않는 법」

이 시에서 '나'는 기억으로 박제된 여름, 그러니까 "영원
했던 여름"이 자신을 속이려 든다고 말한다. '나'는 여름의
보편적인 특성을 상기하자마자("덥지 않은 여름은 없지") 그
것을 즉시 반박한다. "아니 (그) 여름은 정말 더웠다"고 말
이다. '나'는 이 특정한 여름이 영원한 기억의 차원으로 박
제될 때 발생하는 폐해를 강박적으로 의식하는 모습을 보

인다.

허주영의 '나'는 이 문제를 해결하기 위해 "그 여름"을 쏜살같이 빠져나간다. 여름의 열기가 채 식기도 전에 떠나가는 일이야말로 "여름을 잊지 않는 법"이 될 수 있다는 생각에서다. '나'는 '기억'을 통해서 "여름을 잊지 않"는 게 아니라 '망각'을 통해서 '그' "여름을 잊지 않"으려고 노력한다. "아는 만큼, 모르면 모르는 만큼 아름다워"라는 발화는 이러한 맥락에서 이해되어야 한다. 이때의 무지는 방기가 아니라 '나'를 추적하기 위해서 '나'의 바깥에 존재하는 대상을 무차별적으로 가져오지 않기 위한 윤리적 노력이며, 의도적인 내버려 둠인 것이다. '나'는 다시 한번, 그러나 이번에는 주체적으로 텅 비어 있다. 텅 비어 있음의 아름다움을 훼손하지 않기 위해서.

테두리에서 부푸는 사과들

그러나 주체적으로 텅 비어 있겠다는 의미심장한 결심은 결코 온전한 수색 작업이 될 수 없다. 수색 작업의 궁극적인 목표는 텅 빈 나를 써 내려가는 것이니까 말이다. 따라서 '나'는 수색 작업의 난점을 보완할 수 있을 만한, 또 다른 작전을 고민할 수밖에 없다. 이 또 다른 작전은 바로 '나'를 '나'의 바깥 세계에 내놓는 것이다. '나'의 바깥

에 존재하는 대상을 가져오는 게 아니라 '나'가 직접 바깥
으로 나가는 것이다.

　허주영의 등단작 중 하나인 「몰아쉬는 언덕」에서 '나'는
'나'의 팔을 잘라 사과나무 옆에 이식한다.

　　나는 팔을 잘라 사과나무 옆에 심었다
　　가지가 움터 올 때마다 양쪽 모두 기우뚱거렸지만
　　막다른 곳에서 숨이 찰 땐 끝을 멈추고
　　몇 잎의 새벽을 몰아쉴 수 있었다

　　(중략)

　　낮잠을 자는 나른한 오후를 나무에 걸고 싶다
　　그러나 내 것이 아닌 몸의 기억이 나를 채우면
　　어디선가 들려오는 종소리가 필사적으로 점령해 온다
　　울림의 테두리에서 점점 부푸는 사과들,

　　나는 바닥 위로 팔을 뻗어 낙과 한 알
　　움켜쥐었다
　　　　　　　　　　　　　　　　　　　　　—「몰아쉬는 언덕」 부분

　'나'는 '나'의 팔을 세상에 내놓음으로써 "내 것이 아닌
몸의 기억이 나를 채우"는 순간, 즉 사과나무의 기억이 나

를 써 내려가는 순간을 경험하게 된다. '나'를 내놓기만 하면 '나-여집합'이 '나'를 물들일 수 있는 것이다. 이러한 인식 때문인지 허주영의 시세계에서는 '나'에 대한 열망만큼이나 '나'를 내려놓거나 이식할 수 있는 바깥 세계를 향한 열망이 크게 작동한다. 바깥 세계를 써 내려가는 일이 곧 '나'를 써 내려가는 일과 같을 수 있다는 희망 때문일 것이다. 다수의 시편들이 '나'를 찾는 수색 작업과 동떨어져 보이는 세계의 풍경을 담고 있는 건 바로 이러한 이유 때문이다.

그러나 이 풍경을 유심히 살펴보면 "안팎의 온도가 돌보는 땅은 춥지 않고" "빈집은 캄캄하게 누운 장면으로 꽉 차 있다"(「빈집」). 이러한 진술은 일견 비어 있어 보이는 어떤 것(빈집)이라도 언제나 주위라는 물질로 둘러싸여 있어서 그 영향 작용을 쉴 수가 없음을 명백히 드러낸다. 허주영 시에 등장하는 세계에 대한 다수의 진술들이 문자 그대로의 묘사로서 읽히지 않고, 쉼 없이 특정한 기능을 수행하고 있는 것으로 읽히는 이유는 바로 이러한 허주영의 세계관 때문일 것이다. 땅과 빈집, 사과나무도 결국엔 끊임없이 운동하는 또 하나의 '나'인 것이다. '나'가 '나'로서의 역할에서 벗어나 '나-여집합'에 영원히 머무는 일은 어떤 의미에서 세계 그 자체와 마찰을 빚는다.

이러한 엄정한 세계는 "어디선가 들려오는 종소리"로 표상된다. 시 「몰아쉬는 언덕」에서 때맞추어 "필사적으로 점령해 오는" "종소리"는 '세계와 나'나 '대상과 나', 혹은 '타자와 나'라는 짝패 속에서 '나'가 완전한 합일을 꿈꿀 수 없다는 사실을 일깨운다. '나'와 "내 것이 아닌 몸의 기억" 사이에는 분명히 "테두리"가 존재하는 것이다. 그러나 동시에 "테두리"로부터 "사과들", 즉 열매라고 불리는 것이 부풀어 오른다. '나'라는 "테두리"를 잊어버리지 않는 일이 희망으로 작용하는 것이다.

이 "사과들"은 "낙과"가 되어 내 손에 굴러 들어오므로 결코 온전한 방식으로 '나'에게 전달된다고 볼 수는 없지만, 그럼에도 '나'가 벌인 수색 작업의 결실이다. 이러한 일부 성공의 경험으로부터 허주영의 '나'는 "어지럽게 어울려 있"기에 대한 매혹으로 건너간다.

잡동사니로서 거듭나기

「잡동사니의 매혹」을 계기로 수색 작업은 이전과는 다른 성격을 띠게 된다. '나'는 그토록 오랜 시간 찾아 헤매던 '나'가 잡동사니의 일원으로서 어지러이 섞여 들어가 있기를, 그러니까 "어지럽게 어울려 있"기를 오히려 바라게 된다. '나'는 '나'가 그렇게 한다고 해서 잡동사니에 영원히 함몰되거나 흡수되는 일이 없으리라는 걸 잘 알고 있으며, "어지럽게 어울려 있"을 때 '나'가 '나'로서의 가능성을 최

대한 발휘하리는 사실을 또한 알고 있다. 이는 "매일 그대로 놓여 있는 건" "없지 그렇지 없어"라고 말하며 잠시간의 체류 동안 일어나는 변화를 긍정하는 데에서도 읽어낼 수 있다. 잡동사니의 세계에서는 '나'가 '나'를 끊임없이 새기는 동시에 또 다른 '나'에게로 옮겨 가므로 '나'의 체류가 영원한 것이 될까 염려하지 않아도 된다.

　　나는 잡동사니의 매혹이 어지럽게 어울려 있는 데 있다고
　믿는다

　　그것들에겐 빛이 있어 나를 자꾸 끌어들인다
　　그을린 자국을 드러내거나 숨기거나
　　어지럽힌 방에 오롯이 있다는 건 그렇다

　　(중략)

　　계절을 다듬는 바람도 쉽게 들어서지 못하는 그곳,
　　납작하게 눌러놓거나 깨진 각도로 벽을 올린다
　　경계에 누적된 나는 언제나 불화하지만

　　잡동사니의 기억 속에 잠시 머문다
　　매일 그대로 놓여 있는 건,
　　없지 그렇지 없어

기질은 무늬를 따라 제 몸을 끊임없이 새기고
또 다른 사물로 가지런히 옮겨 놓는다

문고리는 그렇게 잠기고 돌아간다

──「잡동사니의 매혹」 부분

시집의 후반부에 등장하는 이 시에서 '나'는 기억 작용에 대한 강박적인 걱정을 내려놓을 방법을, 동시에 '나'의 "경계"를 보존하면서 수색을 지속할 방법을 발견한다. "잡동사니의 매혹"이 수색 작업의 난점을 타파할 실마리를 제공한 것이다. "잡동사니의 기억"은 분명 기억이긴 하지만 "어지럽게 어울려 있"음을 제 속성으로 삼는다. 그로 인해 텅 빈 '나'에게 "제 몸을 끊임없이 새기고"는 곧이어 또 다른 텅 빈 '나'인 "또 다른 사물로" 건너가서 제 몸을 "가지런히 옮겨 놓는다". '나'는 기억 작용에 해당하는 새기기 작업과 해체 작용에 해당하는 뒤섞이기 작업이 교차하는 잡동사니식 기억 광경에 매혹당한다. 기꺼이 "잡동사니의 기억 속에 잠시 머"문다. 잡동사니를 따라, '나'를 완전히 내려놓지도, 완전히 박제하지도 않을 수 있게 된 것이다.

여기서 수색자로서의 '나'의 시야가 확장된다. '나'는 특정하고 단일한 개체로서의 '나'를 추적하는 데에만 열정을 쏟는 일에서 벗어나 또 다른 '나'들이 존재할 가능성이 있는 "잡동사니"에 관심을 기울이기 시작한다. 이러한 변화

속에서 '나'는 '나'를 찾아가는 여정의 불안과 아름다움을 새로이 배우게 될 뿐만 아니라, 수색자로서의 정체성을 잠시 버리는 방법을, 또 다른 '나'를 위한 또 다른 '나'가 되는 방법을 익혀 나간다. 누구나 옮겨 와서 "제 몸을 끊임없이 새"길 수 있도록 기꺼이 '나'를 텅 비워 두는 것이 바로 그것이다.

> 당신들에게 일어난 일로 기록된 나의 탄생은
> 오늘과 내일만큼 물질이라서, 아름답게 비어 있다
> 우리는 서로를 알아 가길 원한다
> ―「돌잡이의 비디오」 부분

이러한 '나'의 유연한 "옮겨" 가기에 힘입어, 시집의 초반부에 등장하였던 "네 문장이 아름다운 건 비어 있기 때문이라고"라는 구절은 다시 한번 자기 자신을 새롭게 써 내려간다. 써 내려가는 일이 곧 비어 있는 일이라는 걸 받아들인다. 네 문장이, 그리고 당신들과 '나'가 아름다운 건 언제라도 다른 누군가의 "몸을 끊임없이 새"길 수 있도록 텅 비어 있기 때문이다. 텅 비어 있다는 건 바로 그러한 가능성을 꽉 차게 품고 있다는 의미라고, 시는 말한다. "우리"는 아름답게 채워질 가능성으로 가득 비어 있다고, 그래서 "우리는 서로를 알아 가길 원한다"고 말이다. 이것이 허주영이 발견한 '나'의 텅 빈 가능성이다.

조립식 가구

올해 이사를 했다. 원룸과 빌라를 거쳐 온 이곳은 오래된 복도식 아파트다.

이사 가기 전에 안 쓰는 물건, 필요 없는 물건, 낡은 물건을 정리했다. 방 가운데 자리를 깔고 앉아 내 몸통을 기준으로 왼쪽에는 버릴 물건, 오른쪽에는 가져갈 물건을 놓으려고 해 봤지만, 살림살이가 그렇게 순종적일 리 없었다. 결국 중간 지대인 내 몸통 앞에만 짐이 잔뜩 쌓였다. 지난번 이사 때는 거의 모든 것을 버렸다. 쓸데없는 물건보다 용도가 분명한 물건들로만 채워진 집이었지만, 어떻게 살아갈지 해결하지 못한 형편 덕에 그것들이 용도가 분명한 물건인 동시에 임시 사용 용도의 물건들이었기 때문이다. 그런데 이번에는 버릴 만한 물건이 거의 없었다.

'버릴 것인지? 말 것인지?' 질문의 마지막 끝에서 생존한 물건은 접이식 식탁과 스툴이었다. 15평 남짓의 빌라에서 식사라는 단 한 가지 용도를 위해 식탁을 마련할 만한 자리는 없었다. 좁은 집의 가구라면 1인분 이상의 몫을 해야 하고, 특히 식탁과 같은 커다란 가구는 물리적으로 생활 전반을 책임질 수 있는 자질을 가지고 있어야 한다. 물론 '오늘의 집' 어플에 자주 보이는 커다란 다용도 원목 식탁을 거실 한가운데 놓고 싶은 마음이 나에게도 있었다. 하지만 책장에 밀리고, 책상에 밀리고, 선반에 밀리고, 에어프라이기에 밀리고, 잡동사니에 밀리고 여러 사정으로 계속 밀리고 쭉 밀려서 탁자가 있는 거실은 남의 집 풍경이 되어 버렸다.

나의 집은 이동식, 접이식, DIY 가구 등 가볍고 작아서 혼자서도 언제든지 옮기거나 숨길 수 있는 종류의 가구들로 채워져 있다. 합판과 플라스틱 소재로 만들어진 토막들을 붙이고, 꺾고, 펼치면 침대가 되고, 의자가 되고, 서랍이 되고, 스툴이 되고, 옷장이 됐다. 냉장고와 세탁기를 제외한 집에 있는 모든 가구가 조립식이다. 올해 이사를 오기 전까지는 항상 냉장고와 세탁기가 옵션으로 제공되는 공간에서 살았기 때문에 사실상 내가 소유하고 있는 가구들은 전부 조립식이었던 셈이다.

원룸에서 빌라로 옮겼을 때는 이 사실을 잊어서인지, 젊은 신체와 건강한 나이를 굳게 믿어서인지 '반' 포장 이

사라는 선택을 하고 말았다. 불길한 명칭에서 이미 눈치를 챘겠지만, 반 포장 이사란 이삿짐센터에서 이전 집의 짐을 싸 주면 새로운 집에서는 스스로 짐을 푸는 시스템이다. 어차피 모든 짐은 최종적으로 다시 내 손을 거쳐 비워지고 정리되어야 했으므로 선택한 옵션이었지만, 그것은 엄청난 착각이었다. 짐을 정리하려면 말 그대로 짐을 올려놓을 선반이 필요했고, 선반을 조립하려면 넓은 공간이 필요했기 때문에 '반' 포장 이사와 '반' 가구는 최악의 조합이었다. 정리는커녕 1톤짜리 이삿짐 트럭에 꾹꾹 눌러 압축해 온 모든 가구를 다시 펼쳐 놓는 데 너무 많은 힘과 시간을 소모했다. 조립식 가구가 부피를 줄일 수 있어 이동에 '용이하다'고 말하지만, 옮길 수 있도록 조각을 내고 옮긴 뒤 다시 조립하기가 쉽고 편하다는 의미는 결코 아니었다.

이때의 과오로 나는 조립식 가구가 우리 집을 설명할 수 있는 완벽한 은유라는 걸 알았다. 조립식 가구는 필요할 때는 가구, 원하지 않을 때는 '반' 가구가 되어 실용성 있는 공간 운용에 도움을 준다고 알려져 있지만, 이것은 조립식 가구를 만든 이의 입장이다. 사용자가 만든 이의 의도대로 조립식 가구를 활용하고, 거기에 만족하기란 절대 쉽지 않다. 물론 조립식 가구의 장점은 뚜렷하다. 자리를 차지하지 않는다는 점이다. 그러나 그만큼 단점도 뚜렷하다. 조립식 가구는 흔들린다. 평소 우리 집 식탁은 냉장고 옆 혹은 문 뒤쪽 벽면에 비스듬히 세워져 있었지만, 끼니마다 끼익, 하고 펼쳐지고, 식사를 마치면 마찬가지로 끼익, 하고 접힌다. 이 소리는 누구든 놀라게 할 수 있을 만큼 갑작스럽다. 아침에 들어도 시끄럽고, 저녁에 들으면 더 시끄럽다. 그래서 늦은 저녁을 먹을 때면 식탁을 펼치지 않는 날도 있었다.

어느 날은 빌라 엘리베이터에 탁자 접는 소리, 의자 끄는 소리를 자제해 달라는 자필 편지 형식의 민원이 붙은 적이 있었다. 당연히 범인은 나 아니겠어? 싶었지만, 그날 우리가 저녁상을 접고 난 후에도 벽 너머에서는 조립식 가구들이 바닥을 긁고 벽에 기대어지는 소리가 들렸다. 하지만 다른 범인들이 생겼을 뿐, 나는 계속 흔들리며 작은 소음들을 유발하는 '당연한 범인'이고, 또 다른 범인들 틈에서 딱 그만큼 무고해질 뿐이다. 그럼에도 민원을 유발하는 골칫덩어리 접이식 식탁과 스툴을 버리지 않은 이유는 그것이 아직 나에게 필요했기 때문이다. 조립식 가구에 많이 노출되는 사람들은 좁고 임시적인 공간에 살고, 이들은 물건을 자주 버리고 같은 것을 다시 산다.

버려야 하는 가구, 버릴 수밖에 없는 가구가 있다면, 조립식 가구는 버려져야 하는 가구일 것이다. '버릴 것인지? 말 것인지?' 나의 질문에 조립식 가구는 번역되지 않는 목소리로 버려도 괜찮다고, 다음엔 반드시 함께 늙어 갈 튼

튼한 가구를 사야 한다고 말한다. 반짝거리는 원목 프린트, 대리석 무늬, 스테인리스 도장은 흔들리지 않고 그래서 시끄럽지 않은 원본이 어딘가에 있다는 듯, 자세히 보면 볼수록 무고한 모습을 했다. 이것은 일종의 취향이나 유행 혹은 동시대성을 표방하고, 나는 조립식 가구에 둘러싸여 사는 여느 요즘 시민처럼 매뉴얼에 따라 붙어 있다가도 옮겨지고, 다시 연결되기 위해 언제나 준비된 몸으로 내가 없는 공간에도 기꺼이 합류한다.

불안하게 연결되고 그래서 흔들리며, 그렇다고 쉽게 끊어 낼 수도 없는 조립식 가구는 완전 가구가 아닌데, 한번 조립하고 나면 가구인 척하는 '반' 합성 물질이다. 배출할 때는 반드시 대형 폐기물 스티커를 붙여야 하는 법적 가구에 속하고, 조립 및 해체 매뉴얼 책자 뭉텅이를 따로 모아 두어야 하고, 연결 부품을 잃어버리기라도 하면 정체성이 더욱 모호해지고 용도가 묘연해지는 그런 물질이다. 이렇게 조립식 가구는 가구인지 가구가 아닌지 논란을 불러일으키는 가구의 굴레, 가구의 늪, 가구의 영원에 빠지게 되는 것이다.

사실 아파트로 이사를 할 때까지 원룸과 빌라에서 쓰던 접이식 탁자를 계속 쓰게 될 줄은 몰랐다. 새집에 더 어울리는 탁자가 있을 거라고 생각하지는 않지만, 접이식 탁자를 보고 있으면 내가 이사를 온 것이 맞나? 하는 생각이 든다. 매일 같이 쓰는 탁자인데도, 역시 버리고 올걸 그랬나? 하는 생각이 불쑥불쑥 끼어든다. 바꾸지 않고 계속 쓰는 식탁이, 마치 청산하지 못한 과오를 지고 다니는 것처럼 느껴져 기분이 영 찝찝하다.

부동산 중개인과 이 집을 처음 보러 왔을 때는 가을이었고, 구축 아파트 특유의 고즈넉한 분위기가 깊어지는 날씨였다. 중개인은 키가 작고 나이가 든 여자였는데, 내가 의뢰한 집은 지금 주인이 없으니 당장 볼 수 있는 집들을 먼저 소개해 주겠다고 했다. 중개인은 엄청나게 빠른 걸음으로 나를 이집 저집으로 이끌며 나의 예산과 대출 금리, 직업과 현재 거주지 등을 물었다. 그리고 말끝에 이 아파트가 아가씨에게 아주 딱이라는 조언을 덧붙였다. 그는 수상했지만 프로였고, 오히려 수상함이 그를 더욱 프로답게 보이도록 만드는 것 같았다. 내가 조금이라도 애매한 반응을 보이면 능숙하게 다른 집으로 옮겨 갔고, 어딘가 급하게 전화를 걸어 다른 부동산이 가진 매물까지 소개해 주었다.

한낮의 단지에는 노인과 어린이가 많았다. 그들은 서로의 손을 잡고 소동물처럼 단지 안을 수선하게 걷고 있었다. 노인들은 애들의 손을 자꾸 잡아끌었고, 아이들은 평일 낮에 돌아다니는 수상한 여자에게 눈을 못 떼고, 나는 그들을 보면서 여기에 살아도 될까? 생각했다.

아파트의 집들은 같은 평수의 같은 구조였는데, 그 집

들 중 분위기가 비슷한 집은 하나도 없었다. 부모님 세대의 꽃무늬 지펠이나 젊은 부부들의 투톤의 비스포크 같은 브랜드 가구들이 어떤 시대를 표방하긴 했지만, 그것이 집의 분위기를 좌우하지는 못했다. 어떤 집은 모든 방에 티브이가 있고, 어떤 집은 몰딩이 어두웠지만 조명이 밝았고, 어떤 집은 아일랜드 식탁과 침니형 후드가 있고, 어떤 집은 책이 없고, 또 어떤 집은 없는 게 없어 보였다. 물건들이 뿜어내는 기운이 우리를 압도했다. 집 안의 물건들은 각자의 자리를 가지고 있는 듯 보였다.

내가 계약한 집에는 한눈에 보아도 내 나이보다 오래된 가구들이 바닥에 단단한 뿌리를 내리고, 대단한 기백을 내뿜고 있었다. 이 집의 전 주인이 쓰던 오래된 가구들은 장판에 눌어붙은 것처럼, 벽지와 경계가 거의 없는 것처럼 보였다. 노인 혼자 사는 집을 둘러보며 작업 책상을 놓을 자리를 고민해 보았는데, 도무지 노인의 물건들이 빠져나간 빈집의 모습을 상상하기가 어려웠다. 집주인이 나가고, 내가 들어와도 가구들은 제 자리를 지키고 있을 것만 같았다.

장판 밑까지 들춰 보겠다는 기세로 메모장에 계약 전 반드시 체크해야 하는 리스트를 적어 갔지만, 결국 수압 하나 확인한 채 계약서를 쓰고 말았다. 물건들이 은근히 뿜어내는, 오랜 시간 응축된 듯한 기운에 주눅이 들어 "좋다…… 좋네……"라고 중얼거리다가 정신을 차리고 보니 사인을 한 계약서를 들고 있었다. "뭐가 좋은데요?" 물어보면 "집이 집 같아서요."라는 말밖에 할 수 없었겠지만 말이다.

현관을 나서면 집이 내뿜던 기운은 흩어지고, 곧바로 아파트 단지의 똑같은 풍경이 펼쳐진다. 복도식 아파트의 에메랄드 현관문과 상아색 페인트, 이중 주차의 난, 테니스장의 흙바닥, 어린 시절의 어떤 장면으로 끌고 가는 놀이터의 먼지 냄새와 쇳소리, 중앙난방의 붉은 굴뚝. 여기는 매달 관리비가 날아오고, 관리비에는 1500세대가 공용으로 관리하는 공간들이 있고, 재개발을 위해 진단비 모금을 하고, 동대표를 뽑고, 초등학생들은 단지 안의 같은 학교에 다니고, 후문 상가 지하에 입점한 마트 회원들은 모두 이 아파트에 살고, 테니스 학원 선생님도, 주유소 사장도, 맥도날드 알바생도 오래된 복도식 아파트에 산다.

사는 곳이 5층짜리 빌라에서 1500세대의 대단지 아파트가 되었을 때, 내게도 따분하고 지루한 삶들이 성숙한 방식으로 펼쳐질 거라 기대하지는 않았다.

중개인은 집을 보여 주기 전에 꼭 매물이 나오게 된 사연들을 전해 주었는데, 달리 특이하달 것 없는 평범한 사연이었다. 아이가 태어났다거나, 이민을 간다거나, 이직을 한다거나, 넓은 집을 샀다거나, 돌봄을 제공할 가족이 나타났다거나. 사연이 평범하다는 점은 꼭 무언가를 보증하는 것 같았다. 그것들은 평범하고, 평범해서 좋은 일인 것이다. 그중에서도 유독 축하받아 마땅한 것으로 꼽히는 사연은 청약에 당첨되어 신축 아파트에 들어가는 '내 집 장만 신혼부부 이야기'인 듯했다. 물론 대학생이나 직장인들이 모여 사는 원룸과 빌라에서도 이런 방식으로 이전 세입자의 그저 그런 사연이 다음 세입자에게 전달된다. 이곳의 현재는 미래에 감염되어 있다는 듯, 행복과 성공뿐만 아니라 불행과 실패까지도 미래에 걸어 놓아서 그것을 당장 확인하러 미래에 가야 한다는 듯, 현재에 남아 있는 욕망은 미래밖에 없다는 듯이 말한다. 여기 살던 젊은 청년은 좋은 곳에 취직해 나갔다고, 너도 그렇게 되는 게 좋지 않겠느냐고.

세입자들이 무엇을 이루고 떠났는지, 아름다운 이야기를 전해 주는 중개인과 집주인은 나도 이 집에서 비슷한 꿈을 꾸기를 바라는 것처럼, 마땅히 그래야 하는 것처럼 굴었지만, 나는 부동산에서 들려주는 그저 그런 사연에 신혼부부 특공 같은 것으로 일조할 수가 없다. 나에게도 분명 비슷한 욕망이 있지만, 지금 나의 주머니에는 미래를 담보로 내밀 만한 것이 없다. 아무 때나 돌아다니고, 이상한 친구들과 시간을 죽이며, 서로 쓴 글을 읽고, 실망하다가 갑자기 열심히 살아 버리는 나는 현재가 멸균된 공간에서 질병으로 존재할지도 모르지만, 불가능한 시도나 박탈된 기회처럼 여겨지는 그런 순간은, 나를 불안하게 하지 못한다.

　오히려 나의 불안은 당신의 불안으로부터 온다. 내가 사랑하는 사람들이 나를 불안해해서, 우리의 연결이 불안으로 이어질까 봐. 구축한 세계의 유일한 동력이 불안이 되고, 나의 계급이 염증을 불러일으키는 단어들로 설명될까 봐. 그래서 불행해질까 봐 불안하다. 당신을 위해 평범한 질병들이 찍어 내는 욕망을 영원히 흉내 내겠지만, 나는 결국 기간이 만료된 세입자일 것이고, 이전 세입자가 망가뜨린 집을 덜 망가뜨리며 살다가, 들어 본 적 없는 소문처럼 다른 곳으로 옮겨 갈 것이다.

　올해 이사를 하고 나는 거실에 소파를 들였고, 갈색 푸들 인형 한 마리를 사서 민지라는 이름을 지어 줬다. 언젠가 순종의 개를 입양하면, 민지와 접이식 탁자를 버리고 흔들리지 않는 원목 탁자를 거실 한가운데 두게 될지도 모른다. 하지만 우리가 중요하게 여기는 관계들을 지키려면 미래보다 가까운 지금을 생각한다. 친구들은 점점 많아지고 나는 함께 둘러앉기 위해 여러 개의 접이식 탁자와 스툴을 펼쳐야 한다. 만약 조립식 가구와 같은 방식으로 작동하는 친밀성의 세계가 있다면 그곳은 내가 있는 세계일 것이라는 확신이 든다.

지은이 **허주영**

1990년 서울 출생. 2019년《시인수첩》으로 등단하여 작품 활동을
시작했다.

다들 모였다고 하지만 내가 없잖아

1판 1쇄 찍음 2023년 4월 14일
1판 1쇄 펴냄 2023년 4월 28일

지은이 허주영
발행인 박근섭, 박상준
펴낸곳 (주)민음사

출판등록 1966. 5. 19. (제16-490호)
서울특별시 강남구 도산대로1길 62(신사동)
강남출판문화센터 5층 (06027)
대표전화 02-515-2000 / 팩시밀리 02-515-2007
www.minumsa.com

ISBN 978-89-374-0934-9 (04810)
    978-89-374-0802-1 (세트)

* 이 책은 서울문화재단 '2022 첫책 발간 지원 사업'의 지원을 받아 발간
되었습니다.

민음의 시

목록